Diadème

2

Dans la même collection

1. Le Livre des noms
2. Le Livre des signes
3. Le Livre de la magie
4. Le Livre des licornes

Diadème

2

Le Livre des signes

John Peel

Traduit de l'anglais par
Martine Perriau

Données de catalogage avant publication (Canada)
Peel, John, 1954-

Le Livre des signes

(Diadème; n° 2)
Traduction de: Diadem #2.
Pour les jeunes de 8 à 12 ans.

ISBN 2-7625-8818-9

I. Perriau, Martine II. Titre. III. Collection: Peel, John, 1954-
Diadème n° 2.

PZ23.P43Lia 1998 j813'.54 C98-940466-8

Illustration de la page couverture: Michael Evans
Infographie de la couverture: Michel Têtu
Mise en page: Jean-Marc Gélineau

Dépôts légaux: 2e trimestre 1998
Bibliothèque nationale du Québec
Bibliothèque nationale du Canada

ISBN: 2-7625-8818-9

Imprimé au Canada

LES ÉDITIONS HÉRITAGE INC.
300, rue Arran, Saint-Lambert (Québec) J4R 1K5
Téléphone: (514) 875-0327
Télécopieur: (514) 672-5448
Courrier électronique: heritage@mlink.net

Nous remercions le ministère du Patrimoine canadien pour son aide financière.

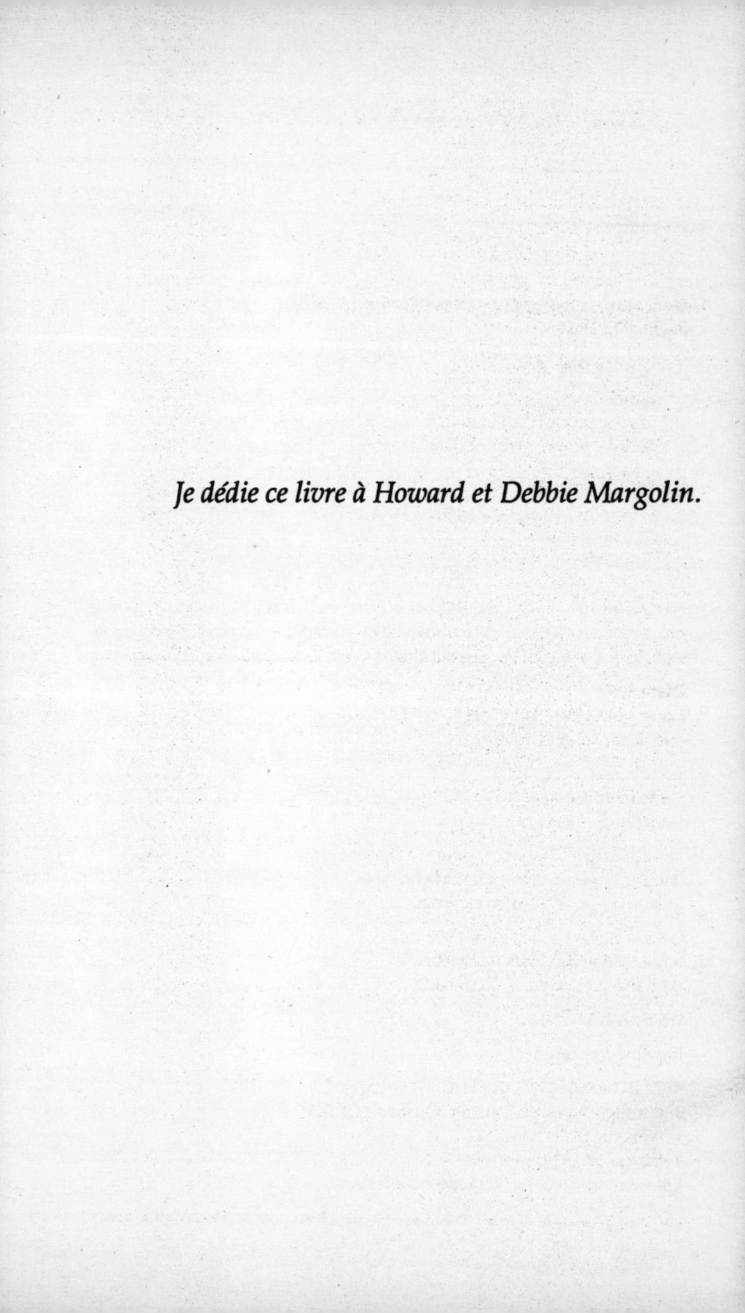

Je dédie ce livre à Howard et Debbie Margolin.

Prologue

— Ainsi, ils ont réussi à tuer Aranak.

La magicienne leva les yeux de son puits magique et regarda son compagnon, perché comme toujours sur sa tour douillette, et apparemment endormi.

— Ils sont plus dangereux que je ne l'imaginais.

Songeuse, une mèche de cheveux enroulée autour d'un doigt, elle ajouta :

— Et si tu te réveillais et travaillais un peu, pour changer ? Ça pourrait être utile.

Le panda roux ouvrit un œil, la fixa un moment et bâilla.

— Je suis réveillé.

Il déplaça sa longue queue touffue et referma les yeux.

— Je n'étais simplement pas très attentif.

La magicienne grommela. La relation qui la liait à Blink était, au mieux, orageuse. Elle, la magicienne Shanara, était un véritable tourbillon toujours en activité, tandis que Blink passait quatre-vingt-quinze pour cent de son temps à dormir ou à tenter de dormir.

— Eh bien, concentre-toi un peu ! Ces trois jeunes gens ont tué Aranak et ils pourraient maintenant s'en prendre à moi. Si cela se produit, tu mourras de faim.

Blink ouvrit les yeux en soupirant. Il se redressa à contrecœur et entreprit de faire sa toilette.

— Très bien. Dis-moi de quoi il s'agit.

Shanara compta jusqu'à dix pour garder son sang-froid. Si elle n'avait pas eu besoin de son aide, elle aurait su quoi faire de Blink. Les idées ne manquaient pas et la plupart d'entre elles consistaient à écourter sa vie.

— Ce sont trois adolescents. L'un d'eux s'appelle Score, un gamin des rues de la planète Terre. Un autre se nomme Renaud et vient de la planète Ordin. C'est en réalité une fille qui se fait passer pour un garçon pour en mystifier certains, mais pas moi. Le troisième s'appelle Pixel et il vient de Calomir. Les bestants les ont tous les trois attirés à Troyan où ils ont appris la magie auprès d'Aranak. Au cours d'une bataille décisive, ils ont réussi à vaincre le magicien et à le tuer avant de franchir le Portail qui les a menés jusqu'ici. Ils sont maintenant sur Ranur. Je les ai observés une heure durant dans mon puits magique pendant que tu dormais. Ils ont découvert des pages et ils pourraient soupçonner que j'en ai une autre en ma possession. Quoi qu'il en soit, ils ne tarderont pas à venir ici.

— Oh ! Autrement dit, le travail m'attend.

— Oui, exactement. Nous devons les ralentir pour que je puisse établir un plan qui nous permettra de les vaincre.

— Où sont-ils ?

— Dans les montagnes Sinueuses.

— Bien. Dans ce cas, tu n'as sans doute pas lieu de t'inquiéter.

— Ils sont beaucoup plus puissants qu'ils ne paraissent. Je serais folle de compter uniquement sur le danger que représentent ces montagnes pour les arrêter. Non, cette fois, je dois aussi faire intervenir mes propres pouvoirs.

— Aïe ! Pour moi, c'est synonyme de travail.

— Oui. Mais nous éliminerons une menace potentielle. Si les montagnes ne viennent pas à bout de ces jeunes gens, alors nous nous en chargerons.

Un vague sourire aux lèvres, elle retourna observer son puits magique. Blink soupira de nouveau et évalua ses chances de dormir encore un peu avant de se mettre au travail...

Chapitre 1

Score regarda autour de lui, tour à tour fasciné et horrifié. Lui, Renaud — non, Hélène[1] ! il devait s'habituer au fait que Renaud était une fille — et Pixel avaient franchi le Portail, prêts à tout. Ils s'étaient attendus à être attaqués ou faits prisonniers. Mais non. Rien ni personne ne les attendait.

Sinon le bord d'un précipice.

Ils étaient entourés de montagnes aux pics acérés. Ils se trouvaient à une altitude certainement très élevée et un vent glacial semblait vouloir les précipiter dans le vide. Score avala sa salive avec peine. Citadin, il était né et avait grandi à New York. Il n'était pas habitué à la nature sauvage, pas plus qu'aux

---

1. Dans le Tome 1, Hélène s'était déguisée en garçon, et se faisait appeler Renaud.

montagnes. Et il avait horreur d'être coincé sur le flanc de l'une d'elles.

Une lueur filtrait derrière eux depuis le Portail qui se refermait une fois qu'il avait servi.

— Voilà ! dit Score d'une voix accablée. Nous sommes coincés ici, maintenant.

— Je n'aime pas ça, admit Pixel en s'éloignant légèrement du bord du précipice. L'endroit semble dangereux. Qu'en penses-tu, Renaud ?

— Il est dangereux, dit Hélène d'un ton qui trahissait son tempérament fougueux.

Elle semblait apprécier un peu mieux Score et Pixel, mais elle éprouvait encore, de temps à autre, une certaine impatience à leur endroit. Selon Score, ce mauvais caractère lui venait de ce qu'elle avait été élevée en fille gâtée d'un grand seigneur et, qui plus est, en guerrière. Parmi eux trois, elle seule savait véritablement se battre, ce qui avait pour conséquence plutôt fâcheuse de la rendre arrogante et soupe au lait. Elle essayait toutefois de surmonter ces travers.

— Et appelle-moi Hélène, s'il te plaît. Je préfère mon véritable nom, maintenant que tu sais qui je suis.

— Eh bien, moi, je préfère mon nom de rue,

commenta Score en grelottant. Il fait froid et je ne suis pas habillé pour faire de l'alpinisme.

— Aucun de nous ne l'est, lui fit remarquer Pixel en claquant des dents. Nous ferions mieux de nous abriter de ce vent et d'établir un plan.

Score jeta un coup d'œil autour de lui et essaya de garder son calme en constatant combien leur situation était précaire. Sous leurs pieds, les nuages s'accrochaient aux pics montagneux, masquant ainsi la vue. Il désigna d'un geste l'étroit sentier sur lequel ils se tenaient.

— Il y a une grotte par là. Allons-y. Nous pourrons y allumer un feu et nous réchauffer.

— Bonne idée, concéda Hélène.

Elle passa devant lui pour leur ouvrir la voie. Score allait protester, mais il se retint. Ça ne valait pas la peine de se quereller. Et puis, si quelqu'un devait tomber, ce serait elle et non lui. Ils suivirent tous avec précaution l'étroit sentier qui serpentait sur le flanc de la montagne et se précipitèrent enfin dans la petite grotte que le jeune homme avait vue.

Elle faisait environ trois mètres de profondeur et, une fois franchie une entrée basse où ils durent se courber, mesurait bien deux mètres et demi de hauteur. Dieu merci, la grotte était inhabitée. Une fois à l'intérieur, et bien qu'il fasse malgré tout très froid, ils n'eurent plus à subir la morsure du vent.

Score se concentra sur un caillou posé sur le sol. Il visualisa une flamme dans son esprit ; une flamme qui pourrait les réchauffer et dont la chaleur traverserait le roc. Puis il reporta cette vision sur le caillou.

— Shriker kula prior, murmura-t-il, se servant de la formule magique qui lui permettait de créer du feu.

Un rideau de flammes s'éleva et faillit brûler Hélène qui recula en jurant.

— Ce n'est pas drôle !

— Ce n'est pas de ma faute, protesta Score. J'essayais simplement d'allumer un petit feu, pas un volcan !

Les flammes diminuèrent un peu mais continuèrent à crépiter, brillantes et chaudes, dans la petite grotte.

— C'est parce que nous sommes passés des Mondes extérieurs au Circuit médian, dit rapidement Pixel. Vous souvenez-vous de ce qu'Aranak nous a dit ? Plus nous nous approcherons du centre de Diadème, plus nos pouvoirs magiques seront puissants. La preuve ! La formule qui nous permettait de créer un petit feu sur la planète Troyan peut en allumer un beaucoup plus gros ici.

Hélène observa les flammes d'un air songeur.

— Et elle provoquera sans doute un feu de forêt si nous nous approchons encore du centre de cet univers. Tant que nous ne connaîtrons pas leurs effets, nous devrons être très prudents en utilisant nos pouvoirs sur cette planète.

— Si nous arrivons à déterminer leurs effets, fit remarquer Score. N'oubliez pas qu'une force mystérieuse perturbe la magie à sa source et altère les formules magiques.

— Je ne l'oublie pas, répondit Hélène, mais puisque ces perturbations sont imprévisibles, nous n'avons qu'à y faire face lorsqu'elles se produisent.

Elle réchauffa ses mains près du feu.

— Bien ! Je me sens mieux, maintenant. Que diriez-vous de faire l'inventaire de ce que nous avons obtenu jusqu'à présent et de voir ce que nous pouvons en tirer ? Rassemblons tout ce dont nous disposons.

— Vas-tu arrêter de toujours commander ? se plaignit Score en la dévisageant. Nous ferions mieux d'élire un chef plutôt que te laisser jouer ce rôle.

La jeune fille s'agita et lui fit remarquer :

— Et chacun de nous voterait pour lui-même. Ta suggestion est ridicule. Écoute, ce rôle me convient parfaitement. Je suis habituée à donner des ordres et à établir des plans.

— Ah bon ? Que tu aies été une royale emmerdeuse sur ta planète ne signifie rien du tout ici. J'ai beaucoup de mal à obéir aux ordres, surtout venant d'une fille.

— Une fille munie d'une épée.

— Ça suffit ! protesta Pixel en se glissant entre eux. Vos disputes ne nous mèneront nulle part. Nous devons apprendre à travailler ensemble, ne l'oubliez pas. C'est ce qu'Oracle nous a dit.

Score prit une profonde inspiration.

— Tu as raison. Nous ne résoudrons rien en nous comportant de cette manière. Mais je persiste à croire que nous n'avons aucune raison de faire confiance à cet Oracle. Il prétend nous aider, mais il a réussi à nous attirer une foule d'ennuis.

Le mystérieux personnage avait livré Score à une bande de rue sur Terre et trahi aussi les deux autres sur leur planète respective. Il prétendait être « de leur côté », mais il passait son temps à déclamer des vers de mirliton et à éviter de répondre de façon directe à leurs questions.

— Je n'ai pas non plus très confiance en lui, admit Pixel. Mais il pourrait peut-être nous aider. De toute façon, nous n'avons rien à perdre.

— Je ne sais pas, fit Hélène. Il me donne des maux de tête. Mais il serait bon de savoir où nous nous trouvons, ce que nous sommes censés faire ici et s'il y a quelque chose dont nous devons nous méfier. Je suppose que l'appeler et l'interroger ne peut pas nous faire de mal.

— D'accord.

Score décida qu'il était temps pour lui de prendre les commandes avant qu'Hélène ne le fasse.

— Nous savons que nous pouvons l'appeler en nous concentrant sur son nom et sur son apparence, puis en prononçant son nom à l'envers. Bon, tous ensemble !

Il ferma les yeux et se concentra. Oracle... dans son vêtement d'un noir profond...

Je vous entends et j'obéis,
Curieux de votre requête d'aujourd'hui.

Score ouvrit les yeux. Oracle se tenait là, debout devant eux, son beau visage fendu d'un grand sourire, déclamant encore ses vers absurdes. Il affirmait ne pas pouvoir parler autrement. Score se demandait s'il disait vrai ou s'il parlait ainsi dans le seul but de les irriter.

— Nous voulons des renseignements, dit le jeune homme d'une voix énergique. Où sommes-nous ? Que se passe-t-il ? Et comment pouvons-nous descendre de cette stupide montagne ?

Oracle regarda autour de lui, puis se pencha pour jeter un coup d'œil à l'extérieur de la grotte. Ses lèvres sourirent de nouveau.

Un vent furieux, un souffle effroyable
De vous précipiter en bas est capable.

Il gesticula, mimant une personne en train de tourner dans le vide comme une pierre.

Ce monde est celui de Ranur, jeunes élus,
Magnifique, une fois les montagnes oubliées.
Mais les humains n'y sont pas les bienvenus
Et bientôt vous guette le danger.

— Eh bien ! Comme si j'avais besoin d'entendre ça ! se plaignit Score. Un danger. Pourquoi ne suis-je pas étonné ?

— Quel genre de danger ? demanda Hélène, plus pratique.

Au pied de la montagne s'étend le royaume
De créatures connues sous le nom de gnomes.

— Des gnomes ? répéta Pixel. Merveilleux !

Des gnomes ! Et méchants, en plus ! Donc, nous ne pouvons pas rester ici, sinon nous mourrons de froid ou de faim. Mais si nous descendons la montagne, une bande de gnomes nous attaquera.

Il tourna vers Oracle un regard furieux.

— N'avez-vous donc aucune bonne nouvelle à nous annoncer ?

Oracle haussa les épaules.

Les nouvelles que j'apporte ne sont pas inventées.
Mais au moins suis-je là pour vous conseiller.

— Ça ne me rassure pas, murmura Hélène. Puis, se tournant vers ses compagnons : Il est temps de faire l'inventaire de ce que nous avons trouvé sur Troyan. Videz vos poches.

Quelques instants plus tard, leurs effets formaient un tout petit tas. Il y avait le traité de magie d'Aranak qu'ils n'avaient pas encore eu l'occasion d'étudier ; la page que Score avait apportée depuis la Terre ; la page qu'ils avaient trouvée chez le magicien et qu'ils ne pouvaient pas déchiffrer puisqu'elle semblait écrite en code ou dans une langue inconnue.

Une autre page bientôt vous trouverez
Si à l'esprit la couronne vous gardez.

Le commentaire d'Oracle se révélerait utile en temps voulu, mais ils continuèrent leur inventaire. Le dernier objet était une petite bourse que les bestants leur avaient donnée. Hélène la prit, en dénoua les lacets et en vida le contenu sur le sol, devant eux.

Tous regardèrent, bouche bée. Trois énormes pierres précieuses scintillaient à la lueur des flammes. Il y avait un gros rubis rouge sang, une émeraude plus verte qu'une prairie au printemps et un saphir d'un bleu à faire pâlir le ciel.

Les doigts de Score s'agitèrent et le jeune homme tendit la main vers l'émeraude qui paraissait l'appeler. Il se souvint des rêves qu'il avait faits et de la pierre précieuse géante qui avait semblé lui parler.

— Ça doit valoir une fortune.

Il imaginait ce que ce joyau rapporterait s'il était vendu à la bonne personne à New York. Mais cette pensée n'était qu'un réflexe, une réminiscence de l'ancien Score. Il savait, au plus profond de lui-même, que cet objet était beaucoup plus qu'une simple pierre précieuse. Son âme semblait avoir un trou de la forme d'un joyau auquel l'émeraude correspondait parfaitement.

— Encore plus que ça, rétorqua Hélène, soulevant le saphir avec respect entre ses mains.

Elle semblait pour une fois éprouver une autre émotion que la colère.

— Oui, réussit à prononcer Pixel, tandis qu'il prenait et élevait le rubis avec précaution pour y étudier le reflet dansant des flammes.

Score jeta un coup d'œil à l'émeraude qui lui rappela les lueurs vertes de ses rêves. Se pourrait-il qu'il y ait un rapport ?

— J'entends un bruit, dit soudain Pixel. Il semble venir de l'intérieur de la paroi, par là.

Hélène fronça les sourcils.

— De l'intérieur ? C'est stupide. Comment pourrait-il y avoir quelque chose à l'intérieur d'une paroi rocheuse ?

Elle se tourna vers Oracle pour l'interroger et soupira, exaspérée.

— Il a encore disparu.

— Des silhouettes, marmonna Score.

Il essaya de se concentrer sur la paroi rocheuse devant eux et tendit doucement la main pour la toucher. Il perçut un léger tremblement au bout de ses doigts.

— Hé ! Il se passe quelque chose ! Je sens une sorte de vibration.

— Reculez ! ordonna Hélène en sortant son épée. Oracle a raison. Je devine qu'une attaque se prépare. Je suis la meilleure pour y faire face.

Bien qu'irrité par le ton de la jeune fille, Score réussit à ravaler sa colère. Elle avait raison, bien sûr. Elle était sans aucun doute la meilleure combattante. Mais des deux, c'était lui le meilleur magicien.

Un moment après, il y eut un grand craquement et la paroi située au fond de la grotte explosa. Les éclats et les morceaux de roche firent vaciller les trois compagnons qui essayaient de protéger leur visage. Score toussa dans l'air saturé de poussière et ne vit plus rien pendant quelques secondes.

Mais il pouvait entendre. Il y eut un chœur tonitruant de voix grinçantes qui jubilaient et jacassaient.

— Nous avons réussi ! Ah, ah ! Les voilà ! Attrapons-les ! Maintenant !

Une vague de créatures qui ne pouvaient être que des gnomes déferla du trou pratiqué dans la paroi.

Chapitre deux

Toussant et crachant elle aussi dans la poussière, Hélène s'éloigna d'un pas incertain du tunnel récemment formé. Elle essayait de protéger son visage des éclats de roche et serrait la poignée de son épée. Clignant des yeux, elle réussit à éclaircir sa vue malgré les larmes qui ruisselaient sur ses joues. Plusieurs créatures, petites et tordues, se tenaient à l'entrée de l'orifice. La lueur dansante du feu de Score projetait des ombres dans toute la grotte, et la jeune fille avait du mal à déterminer ce qu'elle voyait.

Au bout d'un moment, les idées plus claires, elle constata que les créatures mesuraient environ un mètre vingt et que leur corps était bien proportionné mais déformé. Les visages, ridés comme des pruneaux, étaient dotés d'un gros nez et d'une bouche s'ouvrant sur deux rangées de dents, toutes de travers. Leurs oreilles étaient pointues et poilues et leurs mains, ridées mais d'apparence robuste. Toutes étaient vêtues d'une tunique et d'un pantalon et chaussées de lourdes bottes. Leurs cheveux, coupés ras sans le moindre soin, étaient crasseux et couverts de poussière.

Et toutes étaient armées de pioches-haches, de gourdins ou de couteaux qu'elles brandissaient en se précipitant à l'attaque.

Hélène fut un moment frappée de panique — non pour elle, car ces gnomes ne semblaient connaître ni discipline ni leadership — mais pour Score et Pixel. Ni l'un ni l'autre n'étaient armés. Tout reposait donc sur ses épaules.

Elle fonça droit devant avec un rugissement de rage, faisant décrire à son épée de larges cercles. Plusieurs gnomes poussèrent de petits cris et battirent en retraite, bloquant ainsi le passage à leurs compagnons qui continuaient d'envahir la grotte. Une douzaine d'entre eux s'effondra en criant, jurant et luttant. Un certain nombre de ces créatures frappaient leurs congénères en luttant pour se remettre debout. Hélène cligna des yeux, ébahie. Les gnomes semblaient avoir autant de plaisir à se battre entre eux que contre les trois humains!

Puis six d'entre eux réussirent à contourner la masse de bagarreurs et bondirent vers les humains. La jeune fille resta fermement devant eux. Elle savait qu'il lui était facile de tuer les gnomes, mais elle ne le voulait pas. Ils étaient peut-être passés à l'attaque sans le moindre avertissement, mais ce n'étaient pas de brillants escrimeurs. Les tuer tiendrait de la boucherie, pas du combat.

Hélène n'avait tué qu'une personne dans sa vie. Aranak. Et elle n'avait alors pas eu le choix. Si elle l'avait épargné, il les aurait tués tous les trois. Elle était encore submergée d'émotions à la pensée d'avoir dû tuer un autre être humain, mais elle ne voulait pas plus de sang sur ses mains que nécessaire. Une fois sa décision prise, elle s'ingénia à désarmer les gnomes et à les faire fuir sans toutefois leur infliger de blessures trop graves. Mais s'ils décidaient d'attaquer Score et Pixel, elle devrait bien entendu changer d'avis.

Un premier gnome s'avança vers elle, brandissant sa hache et laissant échapper un hurlement qui devait être un cri de guerre. Hélène balança son épée avec précision, tranchant net la partie supérieure de l'arme. Le gnome parut un instant déconcerté, puis il continua en utilisant le manche cassé à la manière d'un gourdin. La jeune fille pivota pour éviter le coup et assomma son adversaire avec la poignée de son épée. Le gnome loucha, puis ferma les yeux, évanoui. Un deuxième faillit la transpercer de sa hache. Si elle n'avait pas eu le pouvoir de percevoir une attaque avant qu'elle ne se produise, elle serait morte. La hache heurta la paroi rocheuse derrière elle et elle frappa l'attaquant du plat de son épée avec assez de force pour l'envoyer rejoindre son ami inconscient sur le sol de la grotte.

Soudain, trois gnomes armés de piques s'avancèrent vers elle. Plus prudents, ils faisaient mine de vouloir la transpercer sans lui permettre toutefois de s'approcher d'eux avec son épée. L'intention, qui était bonne, ne les rendit pas plus habiles pour autant. Ils la piquaient avec enthousiasme mais se gênaient les uns les autres, chacun voulant être celui qui la tuerait. Hélène se contenta d'agripper l'extrémité de la pique la plus proche et de la repousser le plus fort possible sur la droite. Le gnome qui la tenait perdit l'équilibre et heurta ses deux compagnons. Tous les trois s'effondrèrent et se mirent à se frapper et à se mordre en luttant pour se remettre debout.

Pixel saisit l'une des piques qu'un gnome avait perdue et s'en servit à la manière d'un bâton, frappant toute créature qui s'approchait de lui. Hélène fut surprise de constater que son compagnon maîtrisait plutôt bien cette technique de combat.

— La réalité virtuelle est parfois utile, lui expliqua-t-il. J'ai toujours aimé jouer à Robin des Bois.

Elle n'avait pas la moindre idée de ce dont il parlait, mais qu'il ne soit pas inutile la rassurait un peu. N'ayant plus maintenant que Score et elle-même à défendre, elle se sentait moins tendue. Elle ne s'attendait pas à voir ce dernier se battre. Il préférait se tenir à l'écart. Tandis qu'elle se débarrassait de deux autres gnomes irrités, elle jeta un coup d'œil dans l'obscurité pour voir ce que faisait le jeune homme.

Elle fut si surprise qu'elle faillit laisser un gnome s'approcher d'elle. Score se tenait à bonne distance de la bagarre — sa nature n'avait pas changé —, mais il avait trouvé un moyen d'y participer. Il utilisait ses pouvoirs magiques pour créer des boules de feu qu'il lançait sur les gnomes. Les petites créatures, prises de panique, couraient dans tous les sens en hurlant et tentaient d'éteindre les flammes. Dans leur course, ils entravaient le passage de leurs congénères : ils seraient bientôt inévitablement enchevêtrés, jurant dans un amas confus de bras et de jambes.

Les gnomes étaient sans aucun doute les combattants les moins disciplinés et les plus bruyants qu'elle eût jamais à affronter. Il lui était facile de les repousser les uns après les autres, que ce soit d'un coup de la poignée de son épée ou du plat de sa lame ou simplement d'un coup de pied dans leur ventre rebondi. Elle n'avait même pas besoin de les assommer. En effet, dès qu'une de ses victimes heurtait un autre gnome, tous deux oubliaient Hélène pour se battre ensemble. Ils prenaient plaisir à se battre, peu importe avec qui.

Mais les gnomes étaient si nombreux que la fatigue la gagnait. Si la bataille continuait, elle serait tôt ou tard épuisée. Pixel se débrouillait bien avec son bâton, mais il était maigre et peu habitué à ce genre d'exercices. Hélène voyait bien qu'il se fatiguait encore plus vite qu'elle. Et Score aussi. Faire de la magie était tout aussi éreintant et il ne pourrait pas entretenir son barrage de missiles enflammés très longtemps.

En dépit de toutes ces flammes, il était difficile de voir quelque chose dans l'obscurité. De plus, avec tous ces gnomes inconscients sur le sol de la grotte, Hélène avait du mal à garder son équilibre. Elle trébucha sur l'un d'eux et faillit tomber sur la pique qu'une autre créature pointait vers elle. Le gnome sur lequel elle avait trébuché la saisit soudain par la cheville et tenta de la faire tomber. Il avait fait semblant d'être évanoui pour attirer la jeune fille plus près ! Maudissant son manque de vigilance, Hélène lutta pour rester debout et pour repousser la pique qui s'approchait dangereusement de son visage. Elle écrasa la main du gnome de son pied libre, ce qui le fit hurler de douleur. Mais il ne lâchait pas prise et luttait toujours pour la faire tomber.

D'un brusque mouvement circulaire de son épée, elle coupa net la pointe de la pique. Pendant que son adversaire regardait, ahuri, son arme subitement raccourcie, elle abattit son épée sur la main agrippée à sa cheville. Le coup dut être particulièrement douloureux, car le gnome hurla, lâcha prise et partit d'un bond en secouant sa main et en jurant. Il heurta deux de ses compagnons, ce qui se termina bien sûr en bataille.

Hélène recula légèrement, essoufflée, le visage et le dos trempés de sueur.

— Nous ne pourrons pas continuer très longtemps, lança-t-elle à Pixel et à Score, le souffle court.

— Je n'en peux plus, fit Pixel.

Il suait encore plus que la jeune fille et ses mains tremblaient d'épuisement.

— Je ne sue pas, dit Score d'un ton plutôt arrogant.

Il souriait. Lui seul ne paraissait pas épuisé, mais tous ces sortilèges devaient le fatiguer.

— Avez-vous remarqué comme leurs yeux sont grands ? Ils sont habitués à vivre sous terre.

— Et alors ? répliqua Hélène d'un ton sec en étalant un autre gnome d'un coup de revers.

— Alors, fermez tous les deux les yeux... MAINTENANT !

Hélène, bien que n'ayant pas la moindre idée de ce qui allait se passer, fit ce qui lui demandait son compagnon. À travers ses paupières fermées, elle put voir le fulgurant éclair de lumière que Score venait de créer.

Tous les gnomes encore conscients se mirent à hurler, puis elle les entendit s'enfuir en trébuchant. Elle ouvrit les yeux, battit des paupières pour chasser l'image consécutive de la lumière et put constater que toutes les petites créatures battaient en retraite en empruntant le tunnel par où elles étaient venues.

— J'en étais sûr, annonça Score. Leurs yeux sont habitués à l'obscurité. J'ai donc créé ce gigantesque éclair qui les a à la fois aveuglés et fait souffrir. Ils ne pourront rien voir pendant des heures.

Hélène le regarda, irritée par son ton suffisant, mais elle s'efforça d'être courtoise.

— C'était une bonne idée. Aveugles, ils ne peuvent pas nous attaquer. Nous sommes donc en sécurité pour le moment.

— Ce n'est pas tout, fit Pixel d'un ton excité en indiquant d'un geste le tunnel. Il est en pente douce. Nous pourrions le suivre jusqu'au pied de la montagne et éviter la neige et le vent glacial. Ce sera beaucoup plus sûr.

— Les tunnels sont généralement en forme de labyrinthe. L'idée de chercher notre chemin à travers la montagne ne me plaît pas, fit remarquer Score.

— S'il le faut, nous pourrons toujours capturer un gnome et l'obliger à nous indiquer la sortie, suggéra Hélène.

Puis, haussant un sourcil et indiquant l'entrée de la grotte :

— Tu peux aussi emprunter la route la plus froide.

Le jeune homme jeta un coup d'œil à l'extérieur et frissonna.

— Non merci. Je préfère cette fois emprunter le sentier le moins panoramique.

— Sage décision, acquiesça Pixel en épaulant sa pique. Bien, allons-y !

Il ouvrit la voie, enjambant les gnomes inconscients, et s'enfonça dans le passage qui s'ouvrait devant eux.

Hélène, haussant les épaules, lui emboîta le pas et Score ferma la marche, grommelant dans sa barbe.

Qu'est-ce qui les attendait au cœur de la montagne ?

— Bien, fit Blink en bâillant et en étudiant ses griffes. Ça n'a pas très bien marché, n'est-ce pas ? Bon, à quand le repas ? Je meurs de faim.

Shanara, alors penchée sur son puits magique, se redressa, furieuse.

— Cesse de penser à ton estomac ! Ces jeunes sont pires que je ne l'aurais cru. Ils ont totalement démoralisé les gnomes, qui ne voudront plus les attaquer.

— Et en plus, fit Blink qui prenait manifestement plaisir à lui envoyer des piques, les gnomes ont sans le savoir fourni à ces jeunes un moyen pratique de descendre la montagne. Impossible maintenant de créer un coup de vent capable de les précipiter dans le vide. Idée que je t'avais moi-même suggérée et dont tu n'as pas tenu compte. Tu as préféré faire appel aux gnomes.

La magicienne se tourna vers le panda, un sourire sournois aux lèvres.

— Tu as parlé de manger ? Et que dirais-tu d'être toi-même le repas ?

— Grincheuse ce matin, pas vrai ? Tu sais très bien que tu ne me mangerais pour rien au monde. Tu suis un régime et, comme tu l'as remarqué, je suis beaucoup trop gras.

— Ça suffit ! dit Shanara en plongeant de nouveau un regard songeur dans son puits magique. Puisque les gnomes refuseront d'affronter de nouveau les intrus, je devrai trouver quelqu'un qui acceptera de le faire.

Elle se dirigea vers son bureau couvert de rouleaux. Après avoir fouillé, elle déroula une carte.

— Voyons... Ah ! Une petite colonie de géants est installée non loin du pied de la montagne. Nos trois jeunes gens auront nettement plus de mal à se défaire de ces colosses que des gnomes !

— Oh ! oh ! marmonna Blink en s'étirant. Encore du boulot...

Chapitre trois

Le village des géants était en fait plus qu'une simple suite de grottes, chacune étant pourvue d'un escalier en bois, d'une porte, de pièces de rangement et autres ajouts. Le tout paraissait très primitif, car les géants se contentaient de peu. Tant qu'ils avaient un endroit où dormir et un espace où ranger leur nourriture et leurs rares possessions, ils étaient relativement heureux. Le géant moyen mesurait environ deux mètres et pesait plus de cent trente-cinq kilos. Tous étaient puissants, musclés et très résistants. Mais tant qu'on ne les embêtait pas, les géants avaient plutôt tendance à laisser les autres tranquilles. Lorsqu'ils n'étaient pas occupés à chasser ou à faire cuire le produit de leur chasse, ils passaient le plus clair de leur temps à paresser. Ils étaient donc presque tous au village lorsque l'attaque survint.

Tarkim sommeillait à l'ombre, près de sa grotte, lorsque quelque chose le réveilla. Chassant les mouches qui semblaient toujours présentes, il bâilla, s'étira et posa les yeux sur le sentier menant à la forêt. La surprise le fit alors se raidir.

Il y avait là trois étrangers, les yeux tournés vers le village. Et ces étrangers étaient des êtres humains! Tarkim savait que les visites de tels êtres étaient rares, car les humains n'étaient pas les bienvenus sur Ranur. La plupart se faisaient tuer dès qu'une espèce intelligente les repérait. Seuls les magiciens puissants survivaient et ils préféraient vivre dans des lieux reculés et éviter tout contact avec les espèces indigènes.

Ces trois-là étaient donc arrivés depuis peu. Après quelques jours sur Ranur, aucun être ne songerait seulement à s'approcher d'un village de géants. Tarkim s'étira de nouveau et se releva péniblement. Il était temps de réveiller ses voisins pour montrer à ces intrus qu'ils s'étaient trompés de chemin. Il s'assurerait alors qu'ils reçoivent un enterrement décent. Les géants n'étaient pas des sauvages, après tout, et enterrer leurs victimes était la moindre des politesses.

Tarkim n'eut pas le temps d'ouvrir la bouche pour crier qu'il vit les trois humains sortir de la forêt. Pourquoi ne couraient-ils pas ? Ils n'auraient pas eu plus de chances de s'en sortir, puisque les géants pouvaient battre un cerf à la course. Mais ces humains n'étaient vraiment pas très intelligents. Et, soudain, Tarkim comprit pourquoi. À leur taille, il ne pouvait s'agir que d'enfants et ils n'étaient apparemment pas très brillants.

En voilà trois qui ne grandiraient plus. Tarkim lança un cri d'alerte, ce qui fit grogner, se gratter et se réveiller tous les géants autour de lui.

Étrangement, les trois adolescents ne semblaient pas inquiets. Mieux, ils levaient les bras et pointaient leurs mains vers le village. Ils paraissaient discuter, mais Tarkim ne pouvait rien entendre à cette distance.

Du feu jaillit soudain de leurs doigts tendus, traversa la clairière et tomba du ciel sur le village.

Les éléments en bois autour des grottes s'enflammèrent instantanément, puis se mirent à flamber et à crépiter. Tarkim hurla, à la fois de surprise et de colère, avant de bondir sur ses pieds. Les trois enfants souriaient, apparemment satisfaits, puis ils tournèrent les talons et disparurent dans la forêt.

L'escalier de Tarkim était maintenant un brasier, et il dut sauter au-dessus des flammes pour sortir. Les poils à l'arrière de ses jambes s'enflammèrent et il tenta d'étouffer les flammes en grognant de fureur. L'escalier craqua, se brisa et s'effondra dans une gerbe de feu qui incendia sa réserve. Toute sa viande serait réduite en cendres. Tout le produit de sa chasse, tout son travail seraient détruits en quelques secondes !

Et pas seulement les siens ! Tout autour, ses voisins hurlaient, furieux et impuissants, ne pouvant que contempler leur village envahi par les flammes et la fumée. Tandis que les réserves brûlaient, l'odeur de viande calcinée remplissait la vallée.

— J'ai vu les coupables ! cria Tarkim en indiquant d'un geste la forêt. Ils se sont enfuis dans cette direction. Nous pouvons très vite les rattraper.

— Oui ! marmonna la compagne d'un de ses voisins en secouant furieusement ses mains. Et lorsque nous les aurons attrapés, nous réduirons leurs os en poussière ! Ils vont nous le payer !

Les géants tournèrent le dos à leur village qui se consumait rapidement et se dirigèrent en groupes vers les arbres. Quelle que soit la vitesse ou la distance à laquelle ces jeunes s'enfuyaient, ils ne pourraient jamais échapper à un géant et encore moins à la petite armée qui était maintenant à leurs trousses !

Blink, épuisé, se laissa retomber sur son coussin.

— Pourquoi tes plans exigent-ils toujours de moi un tel effort ? Et tu n'as toujours pas dit à quelle heure serait servi le repas. Tu essaies de me faire mourir de faim, n'est-ce pas ? Je dépéris !

— Tu resterais une année entière sans manger que ça ne te ferait pas de mal. Tu vivrais de ta propre graisse.

Elle fixa de nouveau son puits magique.

— Cette illusion s'est révélée très efficace. Sans ton aide, je n'aurais jamais pu confondre à ce point les géants.

Le puits lui renvoyait le reflet du village qui était, en réalité, tout à fait intact. La scène à laquelle les géants croyaient avoir assisté n'était qu'une illusion qu'elle avait créée grâce aux pouvoirs de Blink. Les géants étaient tous convaincus d'avoir vu Score, Pixel et Renaud (Hélène) incendier leur village.

— Eh bien ! Espérons que ton plan marchera. Je serai incapable de me charger d'un travail comme celui-ci sans une bonne sieste. Ni sans un bon repas.

Shanara sourit, ignorant ses plaintes.

— Nos trois intrus auront bientôt une très vilaine surprise !

Pixel resta perplexe tandis qu'ils atteignaient un nouveau croisement de tunnels. Leur descente durait maintenant depuis plusieurs heures. Ils n'avaient pas vu le moindre gnome, mais avaient entendu de petits corps se déplacer dans l'obscurité. Score avait fait apparaître une lumière magique qui les suivait fidèlement et éclairait leur chemin. Cette lumière empêchait aussi les gnomes de s'approcher d'eux. Ces derniers n'appréciaient vraiment pas la clarté.

Les tunnels avaient été grossièrement creusés dans la pierre. Le premier qu'ils avaient emprunté depuis la grotte les avait conduits dans un autre, beaucoup plus grand, qui descendait en pente douce. Ils l'avaient donc suivi, considérant que ce tunnel devait être le passage principal vers le pied de la montagne. Ils avaient croisé des centaines de tunnels latéraux qu'ils avaient ignorés. Ces passages conduisaient sans doute aux demeures des gnomes, à leurs lieux de travail et, qui sait, à leurs écoles. Des marques étaient gravées dans les parois rocheuses des tunnels, à proximité des croisements et à hauteur d'épaule de gnome.

— Une espèce de système de signalisation, supposa Pixel. Les marques sont gravées de telle manière que les gnomes puissent les lire du bout des doigts dans le noir.

— Magnifique ! se plaignit Score. Il ne nous reste plus qu'à suivre un cours accéléré de lecture en braille pour comprendre ce qu'elles signifient.

— Non, fit Pixel, songeur. Celle-ci est différente. Regardez. Il y a deux formes l'une à côté de l'autre et le mot TRIADE.

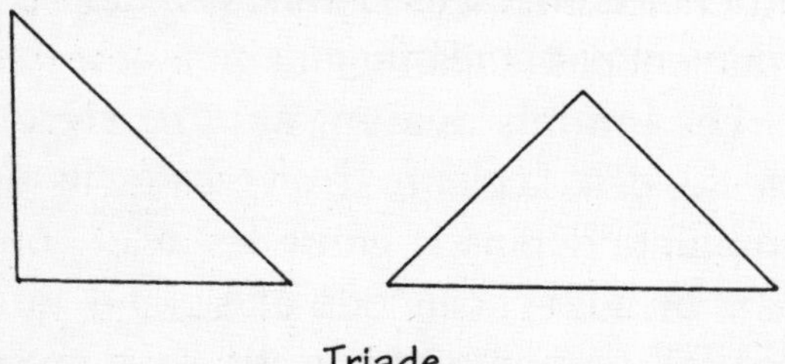

Triade

— Que ce soit en français ou dans une autre langue, ça signifie quelque chose dans le langage des gnomes. On nous a parlé d'une triade qui règne sur Diadème, continua Pixel, qui semblait mal à l'aise. Et quelque chose me dit que c'est très important.

Hélène intervint.

— Ça n'a aucun sens. Deux symboles et le mot TRIADE.

— Deux symboles, dit Pixel, en souriant. Mais Triade signifie trois. Il manque un symbole; donc, si je l'ajoute...

Le jeune homme sortit sa pierre précieuse de sa poche.

— ... ces deux symboles ressemblent à ceux reproduits sur vos pages. Et Oracle nous a dit que nous trouverions la page suivante si nous ne perdions pas de vue la couronne. Je parie qu'en ajoutant le dernier symbole nous trouverons cette page.

Se servant du bord tranchant de la pierre, il grava une forme triangulaire à côté des deux autres.

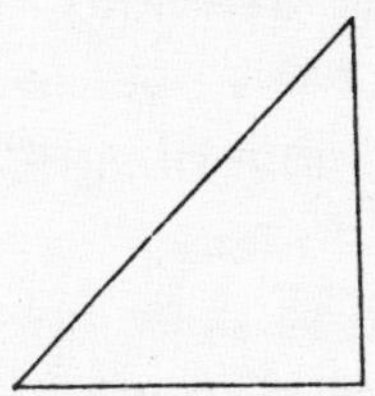

Plusieurs choses se produisirent alors instantanément. D'immenses blocs de pierre se détachèrent brusquement du plafond pour tomber derrière et devant eux, bloquant ainsi tout passage. Il se passa alors une chose encore plus étrange et inattendue. La paroi sur laquelle il avait gravé le dernier symbole se mit à fondre ; elle se mit à couler, semblable à de la lave, et dévoila une cavité à même le roc. Un petit coffret y était posé. Se sachant concerné, Pixel tendit la main vers le coffret et le tira à l'extérieur. Il l'ouvrit et fit un grand sourire en voyant une autre des pages.

Ses deux compagnons jetèrent un coup d'œil par-dessus son épaule, tandis qu'il étudiait le bout de parchemin qui, tout comme les deux premiers, ne semblait pas avoir beaucoup de sens à ses yeux.

— Bien. La partie dans le coin supérieur gauche complète manifestement la couronne commencée sur vos pages. Et notre bon vieux 111 s'y trouve aussi, que nous avons déjà essayé de déchiffrer. Mais pour le reste... Pourtant, une chose semble bizarre. Montre-moi ta page, Hélène.

Lorsqu'elle posa sa page près de celle du jeune homme, celui-ci sourit.

— Regarde. Sur la tienne, il y a une épée et une autre épée pourvue d'un joyau qui la fait étinceler. Sur la mienne, il y a un visage et un autre visage avec un joyau qui l'illumine. Ils doivent avoir un rapport.

— Nous savons déjà que les joyaux

Le Diadème a été
Le traite sar

augmentent nos pouvoirs, fit remarquer Hélène. Tout ça ne fait que le confirmer.

— Et ça signifie aussi que celui ou celle qui nous laisse ces pages n'a aucune idée de ce que nous savons déjà. Ces pages semblent avoir été préparées à notre intention. Une partie du message confirme ce que nous savons déjà.

Score semblait soucieux.

— Merveilleux ! Nous avons une autre page, mais nous voilà coincés ici. Formidable !

Pixel comprenait Score. L'endroit où ils se trouvaient était plutôt restreint. Ils manqueraient rapidement d'oxygène...

Il étudia la paroi devant eux et fronça les sourcils en remarquant une chose étrange. Une tige pointait, munie de deux barres.

— Qu'est-ce que c'est ? demanda-t-il. Une espèce de levier pour ouvrir de nouveau la paroi ?

— Peut-être, répondit Hélène. Mais pourquoi nous attirer dans un piège et nous laisser le moyen d'en sortir ? C'est insensé.

Elle saisit néanmoins les deux barres et tenta de les tourner dans tous les sens, sans résultat apparent.

Ces barres servaient pourtant à quelque chose. Pixel les étudia, puis examina de nouveau sa page. Les deux barres y étaient reproduites, avec les mots POUR SORTIR et une flèche pointée vers un visage. Un visage suivi du signe « = » et du chiffre « 9 »...

— J'ai compris ! s'exclama Pixel. C'est le cadran d'une horloge ! Et c'est à neuf heures qu'on peut ouvrir la paroi !

— Qu'est-ce qu'une horloge ? demanda Hélène, perplexe.

Le jeune homme oubliait parfois qu'elle venait d'une société plus primitive. Il saisit les aiguilles et les fit tourner dans la position voulue.

L'énorme roc s'éleva dans un grondement, libérant de nouveau le passage devant eux.

Pixel passa le premier. Ils étaient partis depuis plusieurs heures, et son estomac gargouillait. Il se sentait fatigué, assoiffé et nerveux. Il voulait, plus que tout au monde, retrouver la lumière du jour. Cette randonnée dans de sombres tunnels lui portait sur les nerfs.

Hélène lui tendit une lamelle de sa viande séchée. Ce n'était pas très appétissant, mais ça valait mieux que de mourir de faim. Il accepta la viande coriace avec un faible sourire de remerciement et entreprit de la mastiquer. La jeune fille offrit ensuite à ses compagnons une gorgée d'eau de l'outre qu'elle transportait. Pixel réalisa, encore une fois, qu'elle était la seule réellement préparée à tout type de voyage.

Mais ce n'était ni sa faute ni celle de Score. Ni l'un ni l'autre ne s'était attendu à être arraché à son monde et parachuté dans cette dimension infernale appelée Diadème. Pixel essaya d'éprouver un certain étonnement d'en être déjà à sa deuxième planète étrangère. Mais sa déprime était la plus forte. Troyan, au moins, était plutôt agréable avec ses forêts majestueuses. Cette planète lui avait paru exotique.

Il détestait cette immense grotte boueuse.

Il s'arrêta à un croisement et regarda les tunnels de part et d'autre. Les deux passages semblaient de dimensions identiques. Lequel emprunter ?

— À gauche ou à droite ? demanda-t-il à ses compagnons.

— Pas la moindre idée, fit Score, toujours aussi peu coopératif.

— Quelle différence ? s'empressa d'ajouter Hélène. Les deux tunnels semblent descendre en pente douce. Ils nous mèneront sans doute tous les deux à l'extérieur. Je ne serai heureuse que lorsque nous serons sortis.

— À qui le dis-tu ! acquiesça Pixel avec chaleur.

Emprunter l'un ou l'autre tunnel ne ferait peut-être pas de différence.

— Il vaudrait peut-être mieux vérifier le début de chacun d'eux, au cas où quelque chose nous indiquerait le meilleur chemin à suivre.

— D'accord, fit Hélène en haussant les épaules. Vérifions une vingtaine de mètres dans chacun d'eux, puis retrouvons-nous ici. Je prends celui de gauche ; vous deux, chargez-vous de celui de droite.

Elle fit apparaître une petite lumière et se mit en route.

— Pourquoi devrait-elle prendre toutes les décisions ? grommela Score en empruntant malgré tout l'autre passage.

— Ça te dérange ? Où est le problème, si elle prend de bonnes décisions ?

— Ça me dérange. Je n'aime pas obéir à des ordres. Je préfère les donner moi-même.

— Je n'en doute pas. Et je suis sûr qu'Hélène n'accepterait pas d'ordres venant de toi. D'autant plus qu'elle peut nous battre toi et moi à plate couture.

— Elle semble croire qu'être meilleure combattante fait d'elle quelqu'un de supérieur. Ça, et le fait d'être la fille de quelque stupide seigneur sur sa planète. Si tu veux mon avis, elle fait trop de manières.

— Je ne t'ai pas demandé ton avis, répondit Pixel. Et je suis persuadé qu'elle n'a pas meilleure opinion de toi. Ni de moi, d'ailleurs. Mais Score, n'oublie pas que nous devons travailler ensemble. Chacun de notre côté, nous ne serions pas assez puissants pour survivre sur ces étranges planètes. Ensemble...

Sa voix s'estompa, comme si quelque chose venait de lui arriver.

— Voilà ce que ça signifie ! s'exclama-t-il d'un ton excité.

— Qu'est-ce *que* signifie *quoi* ?

— Sur les pages. La partie où il est inscrit 111 > 1+1+1 !

Il souriait d'un air presque dément.

— Ça ne signifie pas que 111 est supérieur à 3 ! Ça veut dire que 3 personnes réunies valent plus que 3 personnes seules !

— De quoi parles-tu ? demanda Hélène en les rejoignant à grandes enjambées. Nous devions nous retrouver au croisement, vous vous souvenez ?

— Laisse tomber ! C'est ce code, sur les pages. Il signifie que nous trois réunis valons plus que la somme de nos trois forces individuelles. Qu'en travaillant ensemble, nous sommes trois fois plus puissants que si nous travaillons chacun de notre côté. Nous devons rester ensemble et unir nos forces.

— Eh bien ! C'est plus facile à dire qu'à faire ! dit Score d'un ton amer. Nous nous tombons constamment sur les nerfs.

— Alors, nous devrons apprendre à faire des efforts, insista Pixel. Nous devons travailler ensemble. Ce ne sera pas facile, je sais, mais c'est notre seul moyen de nous en sortir vivants.

Hélène hocha la tête.

— Je suis d'accord. Nous n'avons pu vaincre Aranak qu'en travaillant en équipe. Et nous devons nous efforcer de rester unis et ne plus nous séparer. Nous savons à quel point ces mondes où nous sommes peuvent nous être fatals. Nous ne pourrons en sortir vivants qu'en unissant nos forces. Cela suppose que tu maîtrises ton ego, Score, et que tu ne te plaignes pas sans arrêt.

— Et cela suppose que tu cesses de jouer les grandes dames, répliqua le jeune homme. Ça me tape vraiment sur les nerfs.

Hélène inspira profondément et hocha la tête d'un air décidé.

— Je ferai de mon mieux. Mais si je fais un faux pas, dis-le-moi au lieu de te plaindre et rouspéter. Ça m'exaspère.

— Bien, fit Pixel d'un ton joyeux. Nous arriverons à nous entendre si nous essayons.

— Va pour la paix, marmonna Score. Bien, alors... Hé ! Regardez !

Il indiqua d'un geste la paroi du tunnel où ils se tenaient. Pixel suivit son regard, et ses yeux s'écarquillèrent en voyant ce qui y était gravé. Un autre symbole de la couronne.

— Ça s'adresse sans doute à nous. Nous sommes sûrement sur la bonne voie.

— Mais pourquoi une couronne ? demanda Hélène, perplexe. Ce symbole fait-il référence à nous de quelque manière ? À la Triade ? Ou à quelqu'un d'autre ?

Pixel ne put répondre à cette question.

— Quelqu'un essaie de nous aider. Quelque part, un ami nous surveille. Du moins, j'espère qu'il s'agit d'un ami.

Les Ombres frémissaient et se pressaient autour de leur Maître alors penché sur son miroir de vérité. Il se redressa, l'air songeur, frotta sa barbe de sa main gauche et se dirigea lentement vers l'immense trône posé au centre de la vaste pièce. Il avait été sculpté à même une énorme pierre précieuse, un diamant d'une grande pureté qui scintillait et semblait presque vivant dans les lumières de la salle.

— Ce garçon a raison, fit-il d'un ton pensif en s'asseyant sur le trône. Quelqu'un les aide. Ils ne sont pas assez intelligents pour déchiffrer le sens des messages, mais là n'est pas la question.

Il leva les yeux et posa un regard froid sur l'Ombre la plus près.

— Toi ! dit-il sèchement. As-tu la moindre idée qui envoie ces messages aux jeunes ?

— Non, sire, murmura l'Ombre, à la fois désireuse de le servir et effrayée à l'idée d'être punie ou détruite pour avoir failli. Aucune d'entre nous n'a pu détecter la présence d'un être vivant qui les aidait.

Son Maître hocha la tête.

— Et moi non plus. Difficile de vous en vouloir dans ces circonstances, n'est-ce pas ?

Il abattit son poing sur le bras du trône en diamant.

— Aucun être vivant ne les aide ! Et pourtant, ils obtiennent sans cesse des indices. C'est insensé !

— C'est peut-être Shanara qui les aide, suggéra une autre Ombre en ondulant vers lui. Ils sont dans son royaume, après tout, et nous savons qu'elle aimerait prendre votre place sur ce trône...

— Shanara ? Cette sorcière médiocre ? Elle est ambitieuse, je te l'accorde, mais elle n'est pas assez puissante. Elle dépend de cette grosse créature paresseuse qui fait la moitié du travail.

— Peut-être est-ce cet animal qui les aide ? Comme il n'est pas humain, ça expliquerait pourquoi vous n'avez rien décelé...

Le magicien regarda l'Ombre d'un air étonné.

— Voilà une pensée presque intelligente, mais j'y ai déjà réfléchi. Cette créature n'est pas celui qui les aide. Cependant, ta faible lueur d'intelligence m'impressionne. Je veux que tu partes immédiatement sur Ranur avec quatre autres Ombres. Surveillez ces humains. Essayez de découvrir qui les aide et d'où viennent ces messages. Et assurez-vous surtout de ne pas faire de mal aux jeunes gens... pour le moment. Leur tour viendra, mais, pour l'instant, j'ai besoin d'eux vivants.

— Je ne vous décevrai pas, sire.

— Je le sais car, dans le cas contraire, je devrais te détruire immédiatement. Dans d'atroces souffrances. Maintenant, va !

Il fit un geste dédaigneux de la main, et les Ombres s'élevèrent dans l'air, prêtes à remplir leur mission.

Le magicien, perdu dans ses pensées, retourna vers son trône. Il trouvait étrange de devoir éventuellement venir en aide aux trois intrus. Mais il avait de grands projets pour eux, et ces plans s'effondreraient s'ils mouraient trop tôt. Aranak avait presque tout gâché en voulant s'emparer de leurs pouvoirs. Leur victoire sur ce pauvre fou avait été étonnante, mais satisfaisante. Par ailleurs, Shanara était beaucoup plus dangereuse qu'Aranak. S'il l'avait pu, il serait lui-même parti sur Ranur plutôt que d'y envoyer les Ombres. Ces serviteurs n'étaient pas des plus brillants, mais il ne pouvait compter sur personne d'autre pour l'instant.

Et il ne pouvait pas partir. De façon ironique, il avait dû se battre pour parvenir au grand trône. Le poste investi du plus grand pouvoir de tout Diadème ! Et il ne pouvait pas le quitter. Il était aussi prisonnier ici que s'il avait été enfermé dans le plus profond des cachots.

Au moins, cette situation ne durerait-elle que jusqu'à ce que les trois jeunes gens soient en son pouvoir. Et alors... alors, ils pourraient mourir et lui serait de nouveau libre !

Chapitre quatre

Score commençait à s'impatienter tandis qu'ils suivaient le dernier tunnel. Il en avait vraiment assez de cet endroit. Pour la millionième fois depuis qu'ils avaient été jetés dans cette périlleuse aventure, il souhaita être de retour dans les rues de New York. Là, au moins, il aurait su quoi faire. Il n'avait pas la moindre expérience de ces mondes étranges qui l'effrayaient. Ses pouvoirs magiques lui apportaient toutefois une certaine compensation. Il ne lui déplaisait pas de savoir lancer des sortilèges. Il effleura l'émeraude dans sa poche et sourit. De plus, si le coin recelait d'autres joyaux comme celui-ci, il pourrait devenir riche et, une fois de retour à New York, ce serait lui le chef.

— Lueur droit devant, dit Hélène en pointant son doigt. Il semble que nous ayons enfin trouvé la sortie.

— Il était temps, se plaignit Score. Je commençais à me sentir claustrophobe, là-dedans. Après toute cette stupide roche, je prendrais bien une bonne tranche de nature !

— Tant mieux, commenta Pixel. Parce que c'est ce qui nous attend.

Ils allongèrent le pas, impatients de sortir de la montagne oppressante. Ils entendirent un faible chœur de railleries s'élever derrière eux. Les gnomes étaient trop effrayés pour sortir de leurs sombres tunnels et se battre, mais ils ne pouvaient s'empêcher de lancer quelques cris obscènes à leurs ennemis. Score ne s'en soucia pas ; les mots ne pouvaient pas les blesser.

Ils se trouvèrent alors tous les trois à l'extérieur, clignant des yeux dans la lumière du jour si étincelante après les grottes ténébreuses. Score éteignit distraitement la petite boule de lumière flottante qu'il avait créée et attendit que sa vision s'adapte.

Ils se tenaient maintenant au pied de la montagne, et plusieurs pics s'élevaient autour d'eux, qui faisaient incontestablement partie d'une chaîne de montagnes. Ils étaient pour l'instant dans un pré qui s'étendait jusqu'à une forêt, un peu plus bas. Seulement, cette forêt ne ressemblait à aucune autre.

Les arbres n'étaient pas verts ou de couleurs

habituelles. Ils étaient bleus, orange, mauves et arboraient toutes les teintes intermédiaires. Abstraction faite de leur couleur et de leur taille gigantesque, ils ressemblaient à des arbres ordinaires. L'herbe, au moins, était de couleur verte, quoique d'un vert plus électrique.

— Super ! fit Pixel. On dirait un rêve.

— C'est la fin de l'après-midi, dit Hélène en étudiant la course du soleil dans le ciel.

Au lieu de sa teinte jaune habituelle, Score remarqua que l'astre était légèrement bleuté. Cette planète était très étrange.

— Nous ferions mieux de trouver un endroit où passer la nuit, de préférence loin des gnomes. Ils risquent de sortir dans l'obscurité et de s'en prendre à nous, suggéra Hélène.

— Bonne idée, acquiesça Score.

Hélène s'engagea dans le pré, en direction des arbres.

— Je vais voir si je peux nous trouver quelque chose à manger. Vous voyez, par là, sur la droite ? Il y a une espèce de piste. Je ne crois pas qu'elle soit le fait des gnomes ; c'est sans doute un passage d'animaux. Elle vous mènera à un point d'eau ; mon outre doit être remplie. Suivez ce sentier, Pixel et toi. Je vous rejoindrai plus tard.

Ils avaient atteint l'orée de la forêt. Elle se

glissa presque sans bruit dans les broussailles et disparut en quelques secondes.

Pixel haussa un sourcil.

— Il n'y a pas à dire, elle est habile.

— Deviendrais-tu amoureux ?

Pixel rougit, et son compagnon comprit qu'il ne se trompait peut-être pas.

— Sois prudent, lui conseilla-t-il. Elle ne le mérite pas. Je sais que nous devons rester unis et tout et tout, mais elle est vraiment terrible.

— Tout comme toi, répliqua violemment Pixel.

— Oui, je sais. Mauvaise éducation, que veux-tu ? Mais je suis heureux seul ; je me débrouille bien tout seul et, dès que nous serons sortis de ce pétrin, je vous tirerai ma révérence et partirai de mon côté.

Ils suivaient tous deux le sentier qu'Hélène leur avait indiqué.

Pixel se tourna vers Score et dit doucement :

— Je ne te crois pas aussi dur et indépendant que tu le prétends. Je pense que tu dis ça pour masquer ta solitude.

— Ah oui ? Eh bien, j'aime être seul. Seul, je suis tranquille. Entendu ?

Pixel hocha la tête, ce qui eut l'heur de rassurer Score. Il n'aurait pas à supporter son discours insensé en marchant.

Car ses paroles étaient vraiment insensées. D'accord, il avait besoin de Pixel et d'Hélène pour le moment. Mais ce n'était que temporaire. Une fois cette aventure terminée, il en aurait fini avec eux. Il partirait sans un regard en arrière. Sans regret, sans larmes. Rien qui puisse remonter à la surface et le faire souffrir plus tard.

Il ne pouvait avoir confiance en personne. Il n'avait jamais eu confiance en son père, et le méchant Tony purgeait maintenant une peine de prison et était sorti de la vie de Score. Il n'avait jamais pu avoir confiance en sa mère. Elle était morte au moment où il avait le plus besoin d'elle. Quant aux personnes de la rue... Au moindre signe de confiance, elles vous plantaient un couteau dans le dos pour vous voler. Non, il ne pouvait avoir confiance en quiconque. Pixel et Hélène ne feraient pas exception à cette règle.

Le pourraient-ils?

Ils atteignirent enfin une rivière. Large de près de huit cents mètres, elle coulait paisiblement. L'eau semblait merveilleusement fraîche et les scintillements occasionnels devaient être des poissons. Score se demanda s'il serait possible d'en pêcher quelques-uns. De beaux filets de poisson frais grillés sur un feu... Les restaurants à service rapide érigés à chaque coin de rue lui manquaient. Pixel indiqua un point légèrement en amont.

— Il y a une clairière là-haut. Elle est belle et pourvue de rochers. Nous pourrions y faire un feu en toute sécurité et nous serions à l'écart du point d'eau.

— Pourquoi nous en éloigner ? En campant ici, nous pourrions faire des réserves de nourriture en attrapant les animaux qui viendront se désaltérer.

— À moins qu'il s'agisse d'un lion ou d'autre chose, lui fit remarquer Pixel.

Score n'y avait pas songé.

— Tu as peut-être raison. Bien, nous ferions mieux de ramasser du bois pour le feu. Il faudra bien faire cuire ce qu'Hélène aura attrapé.

L'idée de se mettre au travail ne lui plaisait pas trop, mais il n'avait pas le choix. Il pourrait bien sûr créer un feu grâce à ses pouvoirs magiques, mais ce ne serait pas l'idéal pour la cuisson. Le bois donnait meilleur goût aux aliments.

Ils venaient d'allumer le feu lorsque Hélène revint avec de la nourriture et une fourrure. Une odeur de viande grillée s'éleva bientôt, qui fit saliver Score. Affamé après tant d'efforts, il se sentait prêt à manger la viande à demi cuite.

Pixel avait écorcé et creusé des bouts de bois qu'il avait ensuite parfaitement lavés dans la rivière.

— Les assiettes ! annonça-t-il. Désolé, je n'ai ni couteaux ni fourchettes.

— Nos doigts feront l'affaire, répondit Score.

Il faisait presque nuit lorsqu'ils finirent de manger. Hélène s'installa, jambes croisées, et sortit le traité de magie de son sac.

— Voici enfin l'occasion d'y jeter un coup d'œil, fit-elle. Je ne sais ni comment ni pourquoi, mais quelque chose me dit que ce traité est très important pour nous.

— Tout comme ces messages que nous continuons de trouver, dit Pixel. Nous savons des choses que nous devrions ignorer et nous sommes incapables de les expliquer.

— Oui, acquiesça Score en levant son émeraude. J'ai rêvé à cette pierre pendant des semaines et je l'entends presque m'appeler. Mais je ne sais pas pourquoi.

— Le traité nous aidera peut-être. Voyons.

La jeune fille ouvrit le livre, tandis que ses compagnons regardaient par-dessus son épaule.

— Oh non ! Pas encore, grogna Score devant une page totalement indéchiffrable.

— Un autre code ! dit gaiement Pixel. Tu t'attendais à quoi ? Tu sais bien que nous devons travailler pour obtenir quelque chose dans cet univers. Voyons ce que nous pouvons faire.

— Ça n'a aucun sens, dit Hélène d'un ton triste.

Pixel qui étudiait attentivement le code, s'écria tout à coup :

— Une seconde ! Je pense que c'est plus simple que nous ne croyons. Nous n'avons qu'à rétablir les formes dans notre tête et elles correspondront à un modèle.

— Et si ça ne marche pas ? demanda Score.

— Ne sois pas négatif. Trouve un moyen.

Score se concentra sur le code. Les formes se mirent bientôt à onduler sur la page. Il essaya de les faire correspondre, mais n'y arriva pas.

Pixel eut plus de chance. Au bout de deux minutes, il clama :

— J'y suis !

Il sortit rapidement un crayon de son sac et entreprit de décoder le message.

— C'est simple ! Les lettres ont été coupées

en deux et décalées. Si vous prenez la partie supérieure et la faites glisser jusqu'à ce qu'elle corresponde à la partie inférieure, vous obtenez un message !

Quelques minutes après, Pixel, Hélène et Score lisaient le message :

EN DÉPIT DU DANGER, UTILISEZ LES JOYAUX.

— Ainsi, chaque pierre nous aidera d'une manière ou d'une autre.

— Mais comment ? demanda Score.

— Eh bien, fit Hélène. Maintenant que nous avons déchiffré le code, voyons si le traité nous apprend quelque chose sur les pierres précieuses.

Elle feuilleta le livre d'un chapitre à l'autre et s'arrêta soudain, triomphante.

— Voilà ! C'est exactement ce que nous cherchons !

Les pierres précieuses amplifient les pouvoirs des magiciens. En concentrant vos pensées et votre énergie sur le joyau, vous accroîtrez grandement vos capacités. Voici la liste des joyaux et leurs propriétés :

1) Jaspe (vert) : Vision. Permet de voir à de grandes distances.

2) Saphir (bleu) : Lévitation. Permet de

s'élever soi-même dans les airs ou de déplacer des êtres ou des objets.

3) Agate (brune) : Communication. Permet de communiquer par télépathie avec d'autres personnes ou créatures.

4) Émeraude (verte) : Transmutation. Permet de transformer les objets.

5) Onyx (noir et blanc) : Changement d'apparence. Permet de prendre soi-même une autre apparence ou de donner à d'autres une apparence différente, puis de revenir à son apparence normale.

6) Rubis (rouge) : Découverte. Permet de trouver toute chose désignée.

7) Chrysolite (vert olive) : Eau. Permet tout contrôle sur l'eau.

8) Béryl (bleu-vert) : Air. Permet tout contrôle sur l'air.

9) Topaze (jaune) : Feu. Permet tout contrôle sur le feu.

10) Chrysoprase (vert pomme) : Terre. Permet tout contrôle sur la terre.

11) Hyacinthe (rouge orangé) : Appel. Permet d'attirer vers vous une personne ou une chose.

12) Améthyste (violet) : Taille. Permet de modifier la taille d'un objet.

— Super ! Enfin quelque chose d'utile ! s'exclama Score en jetant un coup d'œil impatient à son émeraude. La couleur que j'ai vue dans mes rêves prend maintenant tout son sens. Et cette pierre accroîtra mon pouvoir de transformer les choses. Qui sait ce dont je serai capable ?

— Et avec mon rubis, je pourrai découvrir les choses, fit Pixel. Ça pourrait être très utile.

— Mon saphir me permettra de faire de la lévitation, ajouta Hélène, le souffle court. Bien. Je pense que nous devrions tous nous exercer avec notre pierre respective. Nous savons maintenant à quoi elles servent.

— Dommage que nous n'ayons pas plus de pierres, fit Score. Si nous en avions d'autres, imaginez un peu tout ce dont nous serions capables.

— Comment obtenir d'autres joyaux ? demanda Pixel en élevant son rubis. Nous avons déjà de la chance d'avoir ceux-ci. Dans nos mondes, je suis sûr qu'il faudrait une fortune pour en acheter de semblables. Sans compter qu'il n'y a pas de boutiques par ici. Donc, même si nous avions de l'argent, ce qui n'est pas le cas... Et encore faudrait-il que les créatures locales nous permettent de prendre ces pierres, ce qui est peu probable.

— Peut-être pas, dit Hélène, songeuse, en regardant ses compagnons. Je sais qui doit posséder beaucoup de pierres. Les gnomes. Ils creusent leurs tunnels sous la terre. Ils ont dû trouver et emmagasiner un grand nombre de pierres.

— Je doute qu'ils acceptent de nous donner quoi que ce soit, sinon un coup de couteau dans le dos, lui fit remarquer Pixel.

— Je pourrais toujours revenir sur nos pas et en voler quelques-unes, dit Score en souriant. Avoir les doigts lestes a ses avantages, vous savez. Vous l'avez dit vous-mêmes, je suis un voleur et un faux jeton. C'est parfois utile.

— Pas dans les tunnels des gnomes, répondit Hélène. Tu y serais trop désavantagé. Et puis, tu as beau être un voleur, je ne trouverais pas bien de voler qui que ce soit, même des gnomes. Nous pourrions peut-être leur échanger des pierres contre autre chose.

— Comment? Que pourrions-nous leur donner qui soit à même de leur plaire?

— Je n'en sais rien, mais ça vaut la peine d'y penser, non?

— Eh bien, nous pourrions toujours le leur demander, suggéra Pixel. Mais je doute qu'ils nous répondent de manière très civilisée. Selon moi, ce serait courir après les ennuis. Et, après tout, nous avons trois pierres précieuses et il nous faudra sans doute un bon moment avant de savoir les utiliser. Pourquoi devenir cupides?

— Ce n'est pas de la cupidité, répondit Score d'un ton irrité. Ce sont les premiers objets que nous trouvons qui nous donnent un avantage réel. Une arme, si tu préfères. Nous devons en tirer le meilleur parti.

Il tourna les yeux vers Hélène.

— Tu es une guerrière. Mon raisonnement a-t-il un certain sens pour toi ?

— Oui. Aussi étonnant que ça puisse paraître, je suis entièrement d'accord avec toi. Mieux nous serons armés pour faire de la magie, plus nous pourrons survivre.

Puis, regardant Pixel :

— Tu perds à deux contre un.

Pixel rougit, et Score ne put s'empêcher de sourire. Tandis qu'il savourait la situation, il entendit un rugissement qui semblait provenir de la rivière. Ils se retournèrent tous les trois brusquement et Hélène bondit sur ses pieds en glissant le traité de magie dans son sac.

Une vingtaine de silhouettes parurent alors à une courbe de la rivière. Score les examina attentivement. La nuit commençait à tomber, mais ce groupe avait quelque chose de très bizarre. Et puis soudain, il comprit: les créatures étaient toutes très grandes. De forte constitution, elles devaient mesurer au moins deux mètres. Plusieurs d'entre elles hurlaient et gesticulaient après les trois voyageurs.

— Oh! oh! fit Score, inquiet. Ils ne semblent pas faire partie du comité de bienvenue local.

— Ils me paraissent assez peu accueillants, admit Pixel.

— Et ils semblent nous avoir cherchés, dit Hélène. Ils sont très agités.

L'une des créatures heurta un arbre haut d'environ six mètres. Furieuse, elle referma ses bras autour du tronc et tira.

En quelques secondes l'arbre fut arraché avec ses racines.

Les trois jeunes gens restèrent ébahis à regarder la créature en colère faire tournoyer l'arbre au-dessus de sa tête, puis l'envoyer dans la rivière dans un grand bruit d'éclaboussement.

Score, nerveux, avala sa salive et d'une voix tremblante, chevrota:

— Les amis, je ne crois pas que nous ayons la moindre chance cette fois-ci.

Hélène elle-même avait pâli.

— Pour cette fois, je vote en faveur de la stratégie favorite de Score. Il est temps de battre en retraite!

Score, soulagé, se retourna pour se mettre à courir.

Un deuxième groupe de créatures se dirigeait vers eux. Les trois jeunes gens pouvaient percevoir leurs horribles traits et sentir leur haleine fétide.

— Ce sont des géants, marmonna Hélène. J'ai déjà entendu des histoires à leur propos. Stupides, mais incroyablement forts et virtuellement impossibles à arrêter.

— Génial ! Et maintenant, que faisons-nous ?

Les géants leur servirent un concert de rugissements, puis ils se précipitèrent tous vers le trio, prêts à les réduire en menus morceaux avant de les piétiner.

Chapitre cinq

Hélène ne put réprimer son angoisse en assistant à la charge des géants. Elle tenait fermement son épée, sachant pertinemment qu'elle ne lui serait pas d'un grand secours. Si l'on en croyait les légendes, il était extrêmement difficile d'arrêter ne fût-ce qu'un géant. Alors que dire d'une vingtaine ? Avec cinquante des guerriers de son père, elle aurait peut-être eu une chance de s'en tirer. Mais seule avec Score et Pixel ?

Ils étaient condamnés.

Mais elle était fille de seigneur et guerrière. Elle refuserait de hurler, de paniquer et ne tenterait pas de se cacher. Elle affronterait la mort avec dignité, l'épée à la main.

— Tu ne considères pas les choses sous le bon angle, insista Pixel. Nous devons nous accoutumer au fait que nous sommes maintenant investis de pouvoirs magiques. Nous ne pouvons affronter ces géants dans un combat à mains nues. Range cette stupide épée et servons-nous de notre meilleure arme : la magie.

Hélène était abasourdie. Pixel avait entièrement raison ; c'était leur unique chance. Elle n'arrivait toutefois pas à se considérer comme une magicienne. Et pourtant, il le fallait. Elle rengaina son épée et sortit son saphir. Elle avait espéré avoir le temps d'apprendre à s'en servir, mais il était trop tard. Si elle n'apprenait pas maintenant, elle n'en aurait plus l'occasion.

Le saphir était censé amplifier son pouvoir de lévitation. Elle concentra donc son esprit sur le groupe de géants le plus près. Ils étaient six, qui hurlaient et escaladaient la colline à une vitesse surprenante pour des créatures aussi grandes et massives. Leurs corps, tout en muscles, étaient dépourvus de graisse. Elle souleva la pierre précieuse à la hauteur de ses yeux en se concentrant de toutes ses forces pour les faire reculer.

« Plus haut... plus haut... »

Pendant une seconde, rien ne sembla se produire. Puis elle vit les géants perdre l'équilibre et battre l'air de leurs bras. Ils reculaient en basculant, leurs immenses pieds poilus à plusieurs centimètres du sol. Se débattant, hurlant et jurant, ils étaient presque drôles à voir. Mais ils étaient impuissants. Ils n'avaient aucun moyen de redescendre et rien à quoi s'agripper pour éviter de monter encore plus haut.

Dans cette situation, la pierre de Pixel n'était pas très utile. Le rubis servait à trouver des choses, pas à arrêter un géant. Donc, à l'aide d'une page tirée du traité de Score, il créait et lançait des boules de feu aux créatures les plus près. À ses côtés, Score avait sorti son émeraude sur laquelle il se concentrait. Hélène aperçut du coin de l'œil un trou s'ouvrir dans le sol devant trois géants qui tombèrent dedans. Score avait transformé la terre en gaz ! Ils avaient une chance de s'en sortir, après tout !

Mais il restait malgré tout plus de vingt colosses qui s'approchaient toujours. Hélène porta son attention sur le groupe d'attaquants le plus près. Au même instant, les six premiers qu'elle avait fait s'élever s'écrasèrent sur le sol. Un moment étourdis par leur chute soudaine, ils bondirent de nouveau sur leurs pieds.

Hélène fulmina. La lévitation n'était efficace que lorsqu'elle se concentrait directement sur les géants. Dès qu'elle portait ailleurs son attention, le sortilège était rompu. Bien. Ils disposaient encore de quelques secondes avant que les premiers ne passent à l'action. Elle se concentra de nouveau sur l'autre groupe de géants et fit s'élever cinq d'entre eux qu'elle repoussa dans son esprit. Ils partirent en volant au-dessus de la rivière, et elle cessa net de se concentrer sur eux.

Ils tombèrent tous dans l'eau en hurlant dans un grand bruit d'éclaboussement. À en juger par leur apparence crasseuse et débraillée, la baignade ne faisait pas partie de leurs passe-temps favoris. Ils seraient au moins hors de combat pour un moment !

Mais en dépit de tous leurs efforts, le reste de la troupe les avait presque rejoints. Ils allaient se faire submerger et hacher menu !

— Pas eux ! fit Pixel, le souffle court et l'air épuisé par la magie. Mais nous ! Soulève-nous !

Mais bien sûr ! Pourquoi n'y avait-elle pas songé plus tôt ? Elle ne pensait toujours pas en magicienne. Elle se concentra sur eux trois, et ils s'élevèrent à six mètres au-dessus des géants furieux. Ils étaient en sécurité pour une seconde.

Une créature ramassa alors une grosse pierre sur le sol et la lança vers eux. Score la transforma rapidement en eau qui éclaboussa les géants en colère. Mais, maintenant que l'un d'eux en avait eu l'idée, ils se séparèrent et se mirent à ramasser des cailloux, de petits arbres et tout autre objet qui tombait sous leur main pour en bombarder les trois jeunes gens.

— Les missiles seront de plus en plus difficile à éviter, dit Score, essoufflé, en transformant un petit arbre en une pluie de roses.

Ils étaient maintenant épuisés à force de magie. Hélène se sentait éreintée de les maintenir dans les airs. Elle savait qu'elle ne pourrait pas continuer très longtemps.

— J prrs ns fr trvrsr l rvr n vlnt, suggéra-t-elle. Cs gnts n'pprcnt vrmnt ps l'.

— Que dis-tu ? demanda Score, désespéré.

— Q ? J vs ssyr d ns fr vlr -dsss d l rvr.

— Ce qu'elle dit n'a aucun sens, fit Score en regardant Pixel.

— Attends ! Je crois qu'utiliser le saphir affecte son langage. C'est comme dans le traité de magie. Elle a perdu ses voyelles.

— Vrmnt ? demanda Hélène, manifestement inconsciente du changement.

— Oui, fit Pixel. Répète ce que tu as dit.

— Trvrsns l rvr n vlnt.

— Traversons la rivière en volant ?

— C'st ç.

— Ça vaut la peine d'essayer, acquiesça Score.

La jeune fille se concentra de nouveau pour les déplacer. Mais c'était très lent et plutôt cahoteux. Elle savait qu'avec un peu de pratique, elle y arriverait mieux. Mais pour l'instant, elle devait se contenter de les maintenir en l'air et de les faire avancer lentement.

— Nous devons trouver un moyen de les distraire, dit Pixel. Je vais jeter un coup d'œil sur le traité de magie.

Il sortit le livre du sac d'Hélène, ce qui faillit la déconcentrer. Il feuilleta le traité, tandis qu'elle les entraînait vers la rivière.

— Voilà ! Un jeu d'illusion ! Si nous leur faisons croire qu'ils sont attaqués par autre chose, ça devrait les occuper et nous laisser le temps de nous échapper !

— ccp-t'n vc Scr, poursuivit Hélène, le souffle court et le front baigné de sueur. J' d ml ` ns grdr n l'r.

— Tu as du mal à nous garder en l'air.

Pixel montra la page à Score et ils se concentrèrent tous deux sur le sortilège. Ni l'un ni l'autre ne bloquaient plus les missiles des géants, et plusieurs roches volèrent dangereusement près d'eux.

Hélène elle-même sentit la puissance du

sortilège. Elle eut l'impression, pendant une seconde, que son cœur s'était arrêté de battre, puis tous trois redescendirent brusquement. La jeune fille eut tout juste la force de ralentir leur chute avant qu'ils ne heurtent le sol.

La magie avait de nouveau failli, exactement comme sur Troyan. Elle avait alors ressenti la défaillance du sortilège et elle savait que le problème s'était encore produit et qu'il avait épuisé ses dernières forces. Elle n'avait plus le pouvoir de faire s'élever quoi que ce soit, maintenant. Et ça, c'était grave.

Mais la situation était bien pire. Score et Pixel, qui avaient tenté de créer l'illusion d'un petit dragon et d'un gros manticore attaquant les géants, avaient malgré eux fait apparaître une harde de petits monstres hargneux qui paraissaient tous terriblement réels. Certains d'entre eux avaient plusieurs bouches et un appétit à l'avenant; d'autres étaient dotés de griffes et de tentacules qu'ils tendaient vers tout ce qui se trouvait à proximité. Ces petites créatures méchantes et difformes se comptaient par centaines. Beaucoup attaquèrent les géants, ce qui aida les trois élus, mais les autres tournèrent leur attention vers les humains.

Les monstres baveux et grinçant des dents bondirent sur eux. Hélène sortit son épée et tailla le plus près en pièces tout en se redressant vivement. Score et Pixel lançaient des boules de feu aux autres créatures, mais c'était sans espoir. Les horribles monstres étaient beaucoup trop nombreux.

Hélène balança de nouveau son épée, transperçant et tailladant tout ce qu'elle pouvait atteindre. L'une des créatures, qui avait malgré tout réussi à s'approcher, la mordit à la cheville à travers sa botte. La jeune fille ressentit une douleur fulgurante avant de transpercer le monstre de son épée. Ce dernier s'écroula, mort, et l'odeur de son sang parut exciter la frénésie de ses congénères.

Le sang coulait de sa blessure jusque dans sa botte. Mais Hélène, la cheville en feu, concentrait son énergie, refusant de s'attarder sur sa douleur. Elle réussit à la refouler à force de concentration tout en sachant que ça ne durerait pas. Elle souffrirait plus tard... si elle vivait toujours.

Les géants piétinaient les monstres aussi vite qu'ils le pouvaient, mais les petites créatures, de plus en plus nombreuses, jaillissaient de partout et leur sautaient dessus. Hurlant de fureur et de douleur, les géants tentèrent de battre en retraite, mais Hélène devait fixer toute son attention à combattre les monstres à portée de sa main. Elle se sentit désolée pour les colosses, car elle ne pouvait rien pour eux.

Elle ne pouvait pas grand-chose pour elle non plus.

Pixel hurla lorsqu'une créature le mordit au bras. Hélène réussit à transpercer le monstre de son épée, mais Pixel était assez gravement blessé. Son bras saignait, et son visage était crispé de douleur, mais il continua de se battre, lançant des boules de feu à mesure qu'il les créait. Hélène remarqua alors du coin de l'œil que Score portait lui aussi une entaille à la jambe. Ils allaient tous se faire taillader par ces monstres, se faire tuer peu à peu, bouchée après bouchée... et ils n'y pouvaient rien.

Ils étaient condamnés.

Refusant de s'avouer vaincue, elle continua de se battre. Son épée était gluante du sang des monstres et de sa propre sueur, et elle ressentait de temps à autre la morsure douloureuse d'une créature qu'elle réussissait alors à abattre. Cela devenait répétitif. Entailler, taillader, se battre, ne pas s'arrêter.

Puis, brusquement, il y eut une accalmie. Il restait encore de nombreux monstres, mais ils hésitaient à s'approcher du trio. Hélène, le souffle court, les poumons en feu, était exténuée.

— Que leur arrive-t-il ?

— Peut-être ont-ils peur de nous, fit Pixel, essoufflé.

— Ou d'autre chose, ajouta Score. Mais quoi ?

Hélène vit alors de quoi il s'agissait. Des silhouettes, qui ressemblaient à des ombres solidifiées, descendaient du ciel obscur en hurlant. Il était difficile de distinguer de véritables formes, mais elle crut deviner un grand nombre de griffes, de dents, mais aussi d'ailes et d'yeux. Elle ne décelait ces contours qu'en ne les regardant pas directement. Lorsque, au contraire, elle les fixait, ce qu'elle voyait ressemblait à un morceau de néant suspendu dans les airs.

— Les Ombres ! hoqueta Pixel. Il ne peut s'agir que des Ombres. Souvenez-vous. Les bestants ont dit que la puissance inconnue à l'origine du complot dirigé contre nous contrôle ces créatures qu'elle appelle les Ombres.

— Super ! se plaignit Score en pâlissant. C'est tout ce dont nous avions besoin. Encore des problèmes ! Dieu merci, on ne meurt qu'une fois !

Hélène souleva de nouveau son épée. Elle ne savait si sa lame pouvait atteindre les Ombres, mais elle allait essayer. Si les Ombres pouvaient l'atteindre avec leurs griffes — si griffes il y avait —, son arme pourrait donc les atteindre aussi. Elle fronça soudain les sourcils en réalisant que les Ombres ne s'en prenaient pas à eux.

Elles fondaient plutôt sur les monstres, maintenant pris de panique. Les contours noirs des Ombres semblaient pourfendre les petites créatures aussi facilement que du papier avant d'en rejeter les restes dans toutes les directions.

— Elles nous aident, souffla Pixel. Mais pourquoi ?

— Peu importe, répondit Score. Les monstres ont occupé les géants et les Ombres retiennent les monstres loin de nous. Je propose que nous profitions de l'occasion pour nous enfuir.

— J'appuie ! s'empressa d'acquiescer Hélène. Bien que je ne sache pas combien de temps je pourrais courir.

— Je comprends, fit Pixel. Avançons tant que nous le pourrons.

Ils tournèrent les talons et partirent en courant, Hélène en tête. Ils ne pouvaient traverser la rivière qui était trop large à cet endroit, mais aussi parce qu'il faisait trop sombre pour s'y diriger en nageant. Et puis, les géants étaient venus de l'aval, ce qui laissait supposer que leurs maisons — et peut-être aussi des renforts — se trouvaient de ce côté. Ils ne pouvaient donc s'enfuir que dans une direction : celle par où ils étaient venus.

— Tu nous emmènes du côté des gnomes, rouspéta Score, cherchant son souffle et luttant pour avancer.

— Nous n'avons pas le choix. Espérons qu'ils ont encore trop peur de nous pour nous attaquer. Nous pourrons peut-être aller dans l'autre direction lorsqu'il fera jour et que nous aurons dépassé leurs grottes.

— Elle a raison. Pour le moment, c'est la solution la moins dangereuse.

— Peut-être bien mais, pour ma part, je préférerais une solution tout à fait sûre, bougonna Score.

Sur quoi il se tut et s'efforça de courir le plus vite possible.

Hélène était exténuée, et sa cheville la faisait beaucoup souffrir. Ses autres blessures ne l'aidaient en rien, et elle savait que ses pouvoirs magiques s'étaient en grande partie évanouis. Elle avait tout juste la force de créer une boule lumineuse et de l'envoyer devant eux. Ils devaient absolument voir où ils mettaient les pieds. Il ne fallait surtout pas que l'un d'eux se cogne contre un arbre ou trébuche et se casse une jambe !

Elle ne savait pas depuis combien de temps

ils fuyaient. Son visage et son dos étaient trempés de sueur, et sa cheville était si douloureuse qu'elle lui semblait fracturée. Heureusement, elle ne saignait plus. Sa botte remplie de sang séché ne facilitait pas sa marche, mais s'arrêter aurait été pire. La nuit se faisait de plus en plus sombre, et le scintillement d'étoiles de constellations inconnues lui parvenait entre les branches d'arbres.

Deux lunes brillaient presque gaiement dans le ciel, mais elles étaient plus petites que celles qu'elle avait l'habitude de contempler dans son monde. Malgré toutes ses similitudes avec sa planète, cet univers était vraiment très étrange.

L'entaille qu'elle avait sur le côté la brûla soudain, et elle dut s'arrêter.

— Je ne peux plus avancer, souffla-t-elle avant de s'effondrer sur le sol.

— Moi non plus, ajouta Pixel en se laissant lourdement tomber près d'elle, épuisé. Je ne voulais pas être le premier à m'arrêter, mais je n'en peux plus.

— Je suis également à bout de force, ajouta Score en les rejoignant.

Lui aussi semblait souffrir, et la sueur faisait coller ses vêtements sur son corps maigre.

— Croyez-vous que nous soyons assez éloignés?

— Il le faut, dit Hélène, car je doute que l'un d'entre nous puisse aller plus loin cette nuit. Nous devons nous reposer et examiner nos blessures.

Respirant plus facilement, elle s'assit et essaya de palper son pied blessé.

— Comment vous sentez-vous, tous les deux ?

Score grimaça de douleur. Hélène s'attendit à un chapelet de plaintes, mais il se contenta de hausser les épaules.

— Pas trop mal. Quelques morsures ici et là, sans plus. Vous êtes tous les deux plus mal en point.

— Je m'en remettrai, dit Pixel.

Il examina ses coupures et égratignures et grommela :

— Mieux vaudrait laver ces blessures pour qu'elles ne s'infectent pas. Les dents des monstres que nous avons accidentellement créés ne paraissaient pas des plus propres.

Puis, se tournant vers Hélène :

— Tu n'aurais pas un produit magique dans ton sac, par hasard ?

— Mon sac ? Il est resté à notre campement, avec l'outre remplie d'eau et toute la nourriture. Tout ce qu'il nous reste, nous l'avons sur nous. Nous avons tout perdu.

Chapitre six

Pixel perçut le dégoût et le désespoir dans la voix d'Hélène. Elle semblait considérer comme un échec personnel le fait d'avoir dû abandonner leurs provisions derrière eux. C'était idiot de sa part, puisqu'ils n'avaient vraiment pas eu le temps de rassembler quoi que ce soit. Elle exigeait beaucoup trop d'elle-même.

Il dit simplement :

— Eh bien, nous devrons nous en passer. Demain matin, je suis sûr que tu pourras chasser et nous trouver de quoi manger et de quoi faire une nouvelle outre. Tu as toujours ton arc et tes flèches.

— Oui. Mais je ne crois pas pouvoir chasser pendant quelques jours.

Elle grimaça de douleur en enlevant la botte de son pied gauche.

Pixel resta bouche bée en constatant que

l'articulation n'était plus qu'une masse de sang coagulé.

— Pourquoi n'as-tu pas dit que tu étais si gravement blessée ?

— Le moment était mal choisi alors que nous courions pour sauver nos vies. Je ne pense toutefois pas pouvoir aller beaucoup plus loin pendant un certain temps.

— Il n'est pas question que tu bouges !

Pixel se pencha pour examiner la blessure. La cheville enflait sérieusement.

— Nous devons nous occuper de cette blessure si tu ne veux pas avoir de problèmes.

Hélène marmonna faiblement :

— Trop tard.

— Il nous faut de l'eau, ajouta le jeune homme en regardant autour d'eux. Nous ne trouverons rien dans ces ténèbres.

Il se sentait impuissant. Score lui lança un regard sarcastique.

— Je te croyais le plus réfléchi de nous trois, le rabroua-t-il avec un sourire. À quoi sert donc ce joyau que tu transportes ?

Mais bien sûr ! Comment avait-il pu oublier ?

— À découvrir ! Tu as raison, j'aurais dû y penser.

— C'est une bonne chose que l'un de nous l'ait fait. Allez ! Trouve-nous de l'eau.

Pixel sortit son rubis et le tint entre ses mains. Il plongea son regard au plus profond de la pierre et y vit les lueurs de la boule de feu qu'Hélène avait créée et qui brillait toujours.

— Ed uae'l, dit-il au joyau. Suon snova nioseb uae'd.

Exactement comme il était dit dans le traité! Le rubis le faisait parler à l'envers!

Un puissant faisceau lumineux jaillit instantanément d'un côté du cristal. Il plongea dans l'obscurité et indiqua, tel un guide, le point d'eau le plus proche.

— Aç ehcram! Suon snova'n à'uq ervius el uaecsiaf!

— La pierre indique l'endroit d'où nous venons, maugréa Hélène. La rivière est sans doute le point d'eau le plus près. Ça ne nous aide en rien.

Découragé, Pixel essaya de se concentrer sur ce que le rubis lui faisait découvrir. Une image de la rivière et de leur campement abandonné s'imposa à son esprit aussi clairement que s'ils étaient devant ses yeux.

— Ut sa nosiar, admit-il d'un air misérable. Ej siov tiordne'l.

Ça ressemblait tout à fait à la réalité virtuelle. Pour un peu, il tendrait la main et saisirait leurs affaires abandonnées. Les géants, les monstres et les Ombres semblaient tous avoir disparu, mais il ne tenait pas à chercher les horribles restes. Ces images ne l'aidaient toutefois pas, puisqu'il ne pouvait rien obtenir. Son pouvoir magique ne faisait que lui révéler où se trouvaient les choses. Il ne les transportait pas jusqu'à eux.

À moins que...

— Nous devons réfléchir sérieusement, dit Pixel après avoir déposé son rubis. Nous ne réalisons toujours pas que nous avons des pouvoirs magiques et nous pensons de manière trop conventionnelle.

— Oui, d'accord, mais que veux-tu dire ? demanda Score.

— Ce que je veux dire, c'est que nous ne pouvons pas physiquement retourner chercher de l'eau à la rivière. Mais nous ne sommes pas obligés d'y aller. Si nous pouvons faire de la magie, alors nous trouverons un autre moyen d'obtenir de l'eau.

— J'ai du mal à rester éveillée, l'interrompit Hélène. Vous devrez faire de la magie sans moi.

— Tu as fait plus que ta part, repose-toi un peu. Mais accepteras-tu de me prêter ton saphir pour un petit moment? Je suis le moins épuisé de nous trois et j'aimerais essayer quelque chose.

Pendant un instant, Hélène sembla sur le point de refuser, et Pixel comprit pourquoi. Son rubis faisait déjà partie de lui-même et le prêter à quelqu'un lui aurait été aussi pénible que de donner sa propre main. Mais la jeune fille hocha la tête et le lui remit. Elle n'eut pas à lui demander d'y faire attention, car cette prière se lisait dans ses yeux. Pixel la rassura d'un sourire.

— Maintenant, essaie de te reposer un peu. Je vais voir ce que je peux faire.

Il se tourna vers Score.

— Peut-être devrais-tu monter la garde. Nous semblons en sécurité pour l'instant, mais je ne parierais pas ma vie là-dessus.

— Moi non plus, dit Score en se remettant lentement debout. Très bien, je vais surveiller pendant que tu fais... enfin, que tu essaies de faire je-ne-sais-quoi.

Il hocha la tête de façon presque aimable et s'éloigna.

Muni de son rubis dans sa main gauche et du saphir d'Hélène dans sa main droite, Pixel se concentra de nouveau. Il vit immédiatement leur ancien campement et leurs provisions. L'eau, voilà ce dont ils avaient le plus besoin. Dieu merci, Hélène avait rempli son outre peu de temps avant l'attaque. Il la vit, posée près du feu presque éteint. Plusieurs cuissots de chevreuil étaient éparpillés autour, puis il repéra le sac de sa compagne.

Y arriverait-il ? Il n'en avait pas la moindre idée, mais ils avaient grand besoin de ces provisions et il ne voyait aucun autre moyen de les récupérer. Leur image bien nette dans son esprit, il se concentra alors sur le saphir. « Plus haut... plus haut... »

Il n'était pas aussi doué qu'Hélène. Le saphir appartenait à la jeune fille, après tout, mais il avait les mêmes pouvoirs qu'elle. Et la pierre les amplifiait. Lié à sa vision grâce au pouvoir magique du rubis, Pixel sentit son esprit s'étendre au-dessus de l'outre d'eau, du sac à provisions, de la peau et de la viande de cerf. Y arriverait-il ou n'était-ce qu'une illusion ?

Rien ne se produisit. Frustré, il poussa un long soupir.

— Je n'ai aucun pouvoir sur le saphir.

— Très bien, je me chargerai de cette partie, dit fermement Hélène en réclamant sa pierre. Nous devrons simplement unir nos esprits pour y arriver.

Sa voix avait une intonation si métallique que Pixel n'osa pas discuter. Il s'assit près d'elle et se concentra sur la scène pour la partager avec sa compagne. Elle hocha la tête, puis se concentra sur son propre joyau.

Les objets s'agitèrent doucement sur l'herbe où ils reposaient, puis ils s'élevèrent lentement. C'était cahoteux, mais ça marchait.

Ce fut long, et Pixel sentait trembler Hélène sous l'effort. Score poussa soudain un cri en voyant les provisions chuter.

Au même moment, Hélène murmura, le souffle court :

— J n px ps n fr pls.

Et elle s'effondra, endormie. Les provisions tombèrent dans l'herbe et Score partit les ramasser.

Une fois de retour, il se concentra et fit jaillir une boule de feu à quelques pas d'eux où il mit à chauffer un peu de viande.

Puis s'adressant à Pixel:

— Je ne sais pas pour toi, mais cette bataille et cette course m'ont ouvert l'appétit. Je prendrais volontiers un goûter de minuit.

Score s'installa près d'Hélène qui dormait profondément. Il versa un peu d'eau sur la cheville de la jeune fille.

Pixel était persuadé que ça la réveillerait, mais elle était manifestement trop exténuée. Elle resta endormie. Lui-même se sentait trop fatigué pour donner un coup de main et son estomac gargouillait. Score avait raison. La bataille et la fuite les avaient totalement épuisés. Manger leur ferait du bien.

Score déchira une bande de son t-shirt et s'en servit pour nettoyer la cheville d'Hélène. Pixel constata que les marques de dents étaient enflammées et que la cheville était très enflée. Il était sûr d'une chose : Hélène ne pourrait pas se déplacer pendant un certain temps. Il doutait même qu'elle puisse chausser sa botte le lendemain matin. Score versa alors de l'eau sur le bout de tissu et se concentra. Pixel sourit en voyant l'étoffe geler. Bonne idée ! Son compagnon enveloppa la cheville blessée dans le bandage glacé, ce qui ferait diminuer l'enflure.

Score alla chercher un peu de viande légèrement brûlée et la partagea avec Pixel. Ils mangèrent de bon appétit jusqu'à ce qu'ils fussent rassasiés.

— Que penses-tu de sa cheville ? demanda alors Pixel.

— Pas mal, mais j'en ai vu de plus jolies.

— Ce n'est pas ce que je voulais dire !

Score lui tapota légèrement l'épaule en souriant.

— Je sais bien, je plaisantais. Eh bien, à mon avis, elle aura de la chance si elle peut s'en servir bientôt. Mais je ne suis pas médecin ; je peux me tromper. Soyons réalistes. Si Hélène décide de faire quelque chose, rien dans ce monde ni dans aucun autre ne pourra l'en dissuader.

— Exact.

Pixel ne pouvait s'empêcher d'admirer la jeune fille. Contrairement à ce que Score pouvait imaginer, il ne se croyait pas vraiment amoureux d'elle. Mais il l'appréciait et la respectait.

— Toi aussi, Score, tu commences à la respecter.

— Pas vraiment. Mais elle est moins désagréable que je ne le croyais au début. Elle a réussi à courir avec sa cheville dans cet état sans jamais montrer à quel point elle devait souffrir. Bon, assez parlé d'elle. Tu as prouvé que chaque pierre précieuse a un lien spécifique avec un seul d'entre nous. Nous devons en obtenir d'autres.

— La première chose dont nous ayons besoin, c'est d'un plan. Jusqu'à maintenant, nous n'avons fait que nous empêtrer dans des problèmes ou tenté de nous en sortir. D'autres que nous contrôlent nos vies, et ça ne me plaît pas. Nous devons établir des plans dès que nous serons reposés, au lever du jour, et déterminer quels sont nos objectifs. Nous devrons ensuite trouver un moyen de les atteindre.

— Ça me va. Mais pour l'instant, mon cerveau est en vacances prolongées. Tu parais exténué, dors un peu. Je te réveillerai dans quelques heures pour me reposer à mon tour. L'un d'entre nous doit monter la garde, au cas où.

Il tourna vers Hélène un regard presque sympathique.

— Et je ne pense pas qu'elle doive le faire.

— Très bien, dit Pixel, soulagé.

Il était si fatigué, il devait se reposer à tout prix. Les événements l'avaient épuisé ; il devait... dormir.

Des observateurs se tenaient dans les arbres, à l'insu des trois jeunes gens.

— Des humains, dit l'un d'eux avec un air de dégoût.

Il se déplaça légèrement et leva sa lance.

— Nous devrions les tuer maintenant et en finir.

— Non ! lui répondit son chef en secouant inconsciemment sa longue et élégante queue. Je dois avouer qu'ils m'intriguent.

— Ils t'intriguent ?

Le premier grogna et donna un coup de

sabot sur le sol, pas assez fort toutefois pour que les humains l'entendent.

— Ils me dégoûtent. Tu sais très bien que les humains attirent toujours les problèmes. Nous, centaures, avons fait le choix judicieux de n'établir aucun rapport avec eux.

— Les tuer, ce serait établir un rapport, répliqua son chef d'un ton suave en hochant la tête vers la clairière. Ils ont affronté les géants et les gnomes et ils sont toujours en vie. C'est tout un exploit, Rothar. Honnêtement, pourrais-tu en faire autant ?

Rothar s'agita, mal à l'aise.

— Peut-être pas, admit-il. Mais je pense qu'ils vont nous attirer des ennuis, Dethrin.

— Moi aussi. Je préférerais les éviter, si possible. S'ils peuvent vaincre des géants et des gnomes, ils sont aussi capables de défaire des centaures.

— Bien dit, mon frère.

Les deux centaures mâles se tournèrent légèrement pour accueillir la sœur de Dethrin qui s'approchait. Comme son frère, la partie inférieure de son corps, semblable à celle d'un cheval, était d'un noir profond. Sa tête, ses bras et son torse humains étaient également noirs, tout comme la longue chevelure, comparable à une crinière, qui couvrait sa tête et son dos. Dethrin avait toujours considéré que sa sœur était d'une rare beauté et il devina, à la réaction de Rothar, que cette opinion était partagée par de nombreux mâles.

— Amaris, murmura Rothar.

C'était un centaure blanc, et il rougit presque imperceptiblement dans l'obscurité.

— Je suis heureux de te revoir. Je ne savais pas que tu viendrais te joindre à nous.

En riant, elle secoua sa crinière.

— Tu me connais — impatiente, comme toujours. Je tenais à voir ce qui se passe.

Elle jeta un coup d'œil à travers les branches.

— Trois humains? Et apparemment des jeunes gens. Ils semblent tout à fait inoffensifs.

— Ne te fie pas à leur apparence, l'avertit Rothar. Ils sont plus dangereux qu'ils ne paraissent. Il le faut pour avoir survécu si longtemps. Ils ont déjà affronté des géants et des gnomes et les ont vaincus.

— Vraiment? fit Amaris en secouant sa queue de manière presque séductrice. Et combien en ont-ils abattu?

— C'est justement ce qui m'intéresse, dit Dethrin. À ma connaissance, ils n'en ont tué aucun. Oh! Ils leur ont asséné quelques bons coups, mais ils n'ont tué personne.

— Ils ont taillé en pièces de nombreux monstres, fit remarquer Rothar.

— Ceux qu'ils ont accidentellement créés. Même caché, j'ai pu sentir leur magie flancher.

— Ça se produit donc toujours ? demanda Amaris en soupirant.

— Oui. Et, au mieux, ces trois jeunes sont des novices, mais ils ne semblent pas aussi... rapaces que la plupart des humains. J'ai donc ordonné de les surveiller et de ne pas leur faire de mal. Pour le moment. À moins qu'ils ne se révèlent dangereux pour nous.

— C'est ce qui se produira, dit Rothar d'un air sombre. Retiens bien mes paroles, ça se produira.

— Si tel est le cas, nous devrons les tuer. Mais jusque-là, contentons-nous de les surveiller. C'est clair ?

Rothar ne répondit pas.

— C'est clair ? répéta Dethrin.

— Oui, acquiesça-t-il enfin, à regret. Mais seulement pour le moment. Ils nous causeront des problèmes. N'oublie pas ce que je dis. Les humains le font tous.

Chapitre sept

Score rêvait, mais il savait que c'était plus qu'un rêve. C'était une espèce de vision et il devinait son importance. Il voyait sa mère, à l'époque où il était enfant, et elle marchait vers lui. Tandis qu'elle avançait, elle se transforma soudain en trois personnes qui se dirigeaient vers lui. Son visage et son corps avaient changé, et Score vit alors s'approcher deux hommes et une femme inconnus. Ils étaient vêtus de longues robes flottantes faites de riches étoffes. Leurs visages, à l'expression terriblement froide, étaient entre deux âges.

Soudain, ils chatoyèrent et disparurent, remplacés par une feuille de papier qui voltigeait dans l'air. Score sut immédiatement qu'il s'agissait d'une autre page. Il tendit la main dans l'espoir de voir ce qui y était inscrit. La feuille fut alors saisie par une silhouette floue, vêtue d'une grande cape. Il essaya de l'appeler pour reprendre la feuille, mais la main qui la tenait devint soudain la serre d'un oiseau. Score, perplexe, la regarda se transformer de nouveau en patte de lion, puis en longues et fines griffes.

Le jeune homme se réveilla, encore fatigué et le corps endolori et ankylosé. Son rêve était toujours présent à son esprit, mais il constata que le jour s'était levé. Pixel et lui avaient monté la garde à tour de rôle pendant la nuit, laissant Hélène se reposer, et ni l'un ni l'autre n'avaient assez dormi. Mieux valait cependant être un peu fatigué que risquer de se faire égorger pendant la nuit.

Pixel montait toujours la garde et il avait allumé un feu, petit mais naturel. Grimaçant de douleur, Score vint lentement rejoindre son compagnon. Il jeta un coup d'œil en direction d'Hélène, toujours endormie. Dieu merci, la nuit avait été douce et ils n'avaient pas eu besoin de couvertures.

— Alors, qu'avons-nous au programme aujourd'hui ? demanda-t-il à Pixel en buvant un peu d'eau à même l'outre.

— Nous devons établir un plan. Nous ne pouvons pas continuer comme ça. Ce monde semble plutôt rude, mais je dois admettre qu'il est aussi assez beau.

Le jeune homme indiqua d'un geste les étranges arbres colorés.

— Je pourrais m'y habituer. S'il y avait un lieu quelque peu civilisé dans les parages, je ne détesterais pas y passer un moment.

— Je ne crois pas que ce soit possible, laissa tomber Hélène. N'oublie pas que quelqu'un nous a bel et bien pris en chasse.

Score la regarda s'asseoir et s'étirer.

— Nous savons maintenant que nous avons au moins un ennemi sur cette planète, continua Hélène.

Elle tenta de se redresser et grimaça de douleur. Sa cheville était enflée et la faisait manifestement souffrir.

— Assieds-toi ! s'exclama Score, irrité. Tu ne fais qu'aggraver l'état de ta cheville et ta bravoure et ton indifférence à la douleur ne nous impressionnent pas.

Les yeux posés sur lui, Hélène fit un pas et se laissa retomber sur le sol.

— Je devrais te frapper pour ça, mais il faudrait que tu viennes jusqu'à moi.

Pixel bondit sur ses pieds et s'empressa vers elle.

— Reste où tu es ! Je n'ai pas besoin d'aide !

— Vraiment? fit Score d'un ton sec. Et que comptes-tu faire? Traverser cette planète en te traînant sur le dos? Il n'y a pas de honte à admettre que tu puisses avoir parfois besoin d'aide.

Pendant un moment, Hélène parut sur le point de le frapper puis, brusquement, elle sourit et hocha la tête.

— Tu as raison, j'ai besoin d'un coup de main. Je suis désolée.

— Voilà qui est mieux, approuva Pixel.

Il l'aida à se remettre debout et la soutint tandis qu'elle faisait quelques pas chancelants et douloureux avant de se laisser tomber près de Score.

Après s'être rassasiés, ils tinrent un conseil de guerre.

— Nous devons établir un plan, dit Pixel.

— Tu n'arrêtes pas de le dire! Qu'allons-nous faire? Pour le moment, rester en vie me paraît la priorité.

— Oui, tu as raison, acquiesça Hélène en montrant sa blessure. Je ne serai pas fameuse au combat avec une cheville dans cet état. Je n'arrive même pas à me tenir debout!

— Voilà qui exclut tout déplacement, dit Pixel. Du moins, jusqu'à ce que tu ailles mieux. Je suggère que nous en profitions pour étudier. Nous avons suffisamment de nourriture pour rester ici pendant quelques jours. Nous n'aurons qu'à nous approvisionner en eau. Je n'ai rien remarqué de particulier pendant mon tour de garde, la nuit dernière. Nous pouvons sans doute rester ici sans trop de danger.

Hélène regarda autour d'elle.

— À mon avis, l'endroit est un peu trop à découvert. Les gnomes ne nous ont peut-être pas attaqués la nuit dernière, mais ça ne veut pas dire qu'ils ne retrouveront pas leur courage et ne s'en prendront pas à nous. Si nous devons camper dehors, mieux vaut nous installer là où nous pourrons nous défendre en cas de problème.

— Nous irons lentement si nous devons te déplacer, fit Pixel.

— Laisse-la donc marcher toute seule, grommela Score. Sa cheville n'a pas disparu, elle est simplement enflée.

— Ce que tu peux être désagréable !

— Moi, au moins, je ne suis pas entiché d'elle !

La brusque remarque de Score fit rougir Pixel, mais ne parut pas affecter Hélène.

— Je ne cherche pas à être désagréable, mais simplement pratique. Elle dit que nous ne pouvons pas rester ici; nous devons donc trouver un moyen de la déplacer, c'est tout.

— Pourquoi pas grâce à la magie? suggéra Hélène. J'ai le saphir qui me permet de faire de la lévitation. Je pourrais vous suivre en flottant.

— Tu vois? dit Score à Pixel. Il suffit de réfléchir, et...

— Nous disputer ne nous mènera nulle part, l'interrompit la jeune fille. Il faut dresser un plan. Nous devons nous fixer un but.

— Bon, jusqu'à maintenant, nous avons été à la merci de notre adversaire, expliqua Pixel qui semblait avoir enfin surmonté sa gêne. Tout ce que nous avons vécu sur Troyan et notre présence sur Ranur font manifestement partie de son plan. Nous devons donc tenter de le déjouer.

— Et comment allons-nous faire? demanda Score.

— En franchissant un Portail. Ce sont les Portails qui permettent de passer d'un monde à un autre. Nous devons donc trouver un moyen de créer notre propre Portail. Si nous réussissons à quitter Ranur, nous serons au moins en terrain neutre. Cette planète doit faire partie des projets de notre ennemi. Nous avons donc tout intérêt à la quitter.

— C'est sensé, admit Hélène. Laisser le

choix du champ de bataille à ses ennemis n'est jamais bon. Mais où irons-nous?

— Quelle importance! repliqua Score. Ce qui compte, c'est que nous choisissions un lieu, quel qu'il soit. Et puis, tout ça n'est qu'une hypothèse. Nous ne savons absolument pas comment créer un Portail. D'après ce que les bestants ont pu dire, j'ai l'impression que seul un maître magicien peut y arriver et, soyons réalistes, si nous avons des pouvoirs magiques, nous sommes loin de les maîtriser.

— Pourquoi es-tu toujours si négatif? demanda Pixel d'un ton sec.

— Non, dit Hélène. Pour une fois, il a raison. Il doit être très difficile de créer un Portail, mais nous pourrions procéder étape par étape. Nous devons d'abord apprendre comment faire, ajouta-t-elle en tapotant le traité de magie. Ce livre nous le dira peut-être. Nous ferions bien de passer en revue tous les sujets qu'il couvre. Vous devrez tous les deux trouver un endroit où nous installer. Il doit être à proximité d'un point d'eau potable et être doté d'une grotte, d'une colline ou de quelque chose qui nous mette à l'abri d'une attaque surprise. Si nos ennemis ont l'intention de s'approcher, nous devons nous assurer qu'ils ne puissent venir que d'une seule direction.

La perspective de travailler avec Pixel ne plaisait guère à Score, mais Hélène avait sans doute raison. Ils ne seraient pas trop de deux pour trouver un endroit où dresser leur campement.

Score fit remarquer :

— Mais le point d'eau le plus proche est la rivière. Et les géants sont peut-être encore là-bas à nous attendre.

— Alors, cherchez le deuxième point d'eau le plus près, fit Hélène d'un ton exaspéré. Vous êtes donc incapables de réfléchir ?

— Je n'y avais pas pensé, s'excusa Pixel en rougissant. C'est une bonne idée !

Il sortit son rubis de sa poche et le fixa. Au bout d'un moment, un faisceau lumineux rouge en jaillit pour pointer vers ce que Score décida d'appeler le Nord. Dieu merci, il n'indiquait ni les montagnes ni la rivière.

— Tse'c à norivne... xid sertèmolik, dit-il se concentrant sur sa vision. No tiarid nu cal.

— Parfait, fit Hélène. Nous ferions bien de ramasser nos affaires. Je vous accompagnerai jusqu'au lac où j'étudierai le traité de magie pendant que vous chercherez un endroit où camper.

Elle sortit son saphir et se concentra. Sa botte s'éleva et elle essaya de la chausser, mais n'y arriva pas. Sa cheville était trop enflée. Elle la coinça donc sous sa ceinture.

Score empaqueta le reste de viande dans la peau de cerf séchée puis, à l'aide d'une bande de cuir qu'Hélène lui tendit, referma le tout à la manière d'un sac qu'il passa sur son épaule. La jeune fille se munit de son arc, de son carquois et de son épée puis, son saphir en main, elle s'éleva à quelques centimètres au-dessus du sol, toujours en position assise.

— Sprns qu l prr m mntndr n l'r. Ctt mg st psnt.

Score partit dans la direction que le joyau avait indiquée. Hélène flottait près de lui, et Pixel fermait la marche. Score trouvait étrange de voir la jeune fille suspendue dans les airs et de l'entendre parler de façon distordue, mais il se dit qu'il devrait s'y habituer. Ils étaient maintenant de véritables magiciens et il ne devait plus s'en effrayer.

Comme il était facile de se déplacer dans cette forêt, ils purent maintenir un bon rythme. Les arbres, avec leurs drôles de couleurs, étaient toujours aussi étranges à ses yeux, mais le paysage était plutôt agréable et il ne s'inquiéta plus de ce qui pourrait leur tomber dessus. C'était très différent de New York, bien sûr, et les seuls bruits provenaient des oiseaux et des animaux cachés dans les bois ou dans les arbres.

L'endroit était étonnamment apaisant. Ses jambes le faisaient un peu souffrir, mais marcher ainsi dans les bois avait quelque chose de reposant.

Bien qu'Hélène se déplaçât plus lentement dans les airs qu'en marchant normalement, ils avançaient d'un bon pas. Après deux heures de route, ils atteignirent le bord du lac.

Large de près de deux kilomètres et long de plusieurs, le lac était assez impressionnant. Les yeux d'Hélène scintillèrent lorsqu'elle remarqua deux petites îles.

— C'st n bn ndrt pr cmpr. N n prrt ps ns ttndr fclmnt t ns prrns lvtr jsqu l`, dit Hélène.

Elle fronça alors les sourcils.

— D'n tr ct, cs ls snt ptts t l ns fdrt rvnr sr l brg pr trvr d bs t d qu mngr.

Elle laissa courir son regard autour du lac.

— L y pt-tr n tr ndrt pls pprpr tt prs.

— Un autre endroit plus approprié tout près? Nous allons vérifier, fit Pixel avec entrain. Reste ici et étudie le traité de magie. Score et moi n'en avons pas pour longtemps.

— Encore marcher, se plaignit Score, sans trop insister.

Il se sentait encore fatigué après tant d'efforts. Pixel et lui partirent sur la droite, le long de la berge, pendant qu'Hélène s'installait confortablement sur la petite plage, leurs affaires éparpillées autour d'elle.

Score ne savait pas très bien ce qu'ils cherchaient et il espérait que Pixel serait plus inspiré. À quoi ressemblait un bon site pour camper ?

— Nous pourrions essayer de trouver un ruisseau ou une rivière qui se jette dans le lac, suggéra-t-il. L'eau d'un ruisseau doit être meilleure à boire que l'eau d'un lac.

— Bonne idée ! acquiesça Pixel en balayant la berge du regard. Il semble y avoir un cours d'eau par-là. Allons voir.

Ils avancèrent, un peu plus excités à l'idée de trouver quelque chose. Soudain, Score s'arrêta et pointa le sable du doigt.

— Regarde !

Il y avait un petit tas d'ossements près du lac, que les vaguelettes léchaient doucement. Pixel s'agenouilla et ramassa l'un des plus gros os.

— Bien, quelque chose est mort ici. Ton avis ?

— Je n'y connais pas grand-chose, dit Score en prenant l'os à son tour et en indiquant les entailles profondes qui s'y trouvaient.

On dirait des marques de dents et elles sont plutôt grandes. Une créature dangereuse vit peut-être dans le coin.

Pixel pâlit légèrement.

— Euh... tu as peut-être raison. Un lion, par exemple ? fit-il en jetant un coup d'œil nerveux vers les arbres.

— Rien d'aussi normal, répondit Score, pris d'un mauvais pressentiment. Des lions traîneraient leur proie sous les arbres pour la manger. Ces os sont près de l'eau.

— Des crocodiles ?

— Tu penses de façon trop normale, dit Score, très inquiet. C'est un monde peuplé de géants et de gnomes. Je ne crois pas qu'il s'agisse de simples crocodiles.

Pixel était maintenant aussi inquiet que son compagnon. Il regarda un peu plus loin, devant eux.

— Les os semblent plus nombreux par là, dit-il lentement.

— Il est temps de rejoindre Hélène. Elle est beaucoup trop près de l'eau et, vu son état, elle pourrait difficilement combattre une créature capable de réduire en bouillie des animaux d'une telle taille.

Pixel hocha la tête. Ils tournèrent les talons et partirent en courant vers l'endroit où ils avaient laissé Hélène. À cette distance, elle était à peine plus grosse qu'un point, ils ne pouvaient donc pas lui crier de prendre garde. Score se demanda alors s'ils ne réagissaient pas de façon excessive. La jeune fille se moquerait sans doute de leurs craintes et leur dirait qu'il n'y avait pas de quoi s'inquiéter.

— Regarde ! s'exclama Pixel en lui montrant l'une des îles.

Score ne remarqua d'abord rien de particulier, puis il vit un sillage dans l'eau, à proximité de l'île. Quelque chose se déplaçait vers la plage où Hélène était assise, plongée dans son livre.

Ils coururent alors aussi vite qu'ils le purent, mais ils n'avaient aucune chance de devancer ce qui menaçait leur compagne.

— Nous devons l'avertir !

— Elle ne nous entendra pas, nous sommes trop loin.

Pixel avait raison, mais Score ne s'avoua pas vaincu. Ils étaient dotés de pouvoirs magiques, après tout. Il se concentra pour créer une boule de feu spéciale.

— Shriker kula prior, murmura-t-il, le souffle court.

Il lança la boule de feu et l'envoya à la surface de l'eau, vers ce qui se dirigeait tout droit sur Hélène.

Lorsque la boule fut au-dessus de la chose qui se déplaçait rapidement, Score la fit exploser comme un feu d'artifice.

Il vit alors la jeune fille se redresser brusquement et regarder l'eau. Génial ! Elle avait vu la chose qui s'approchait d'elle ! Puis, à son grand désarroi, il la vit tirer son épée et la brandir. Elle allait essayer de combattre la créature !

Score se mit à courir encore plus vite. Il ne pouvait pas la laisser affronter seule un monstre marin ! Il ne tenta même pas d'analyser sa réaction. Il devait l'aider.

La créature passa soudain à l'attaque. Score comprit alors qu'Hélène n'aurait pas eu le temps de se déplacer, et c'est pourquoi elle s'était préparée au combat. Un long cou jaillit de l'eau et s'arqua dans les airs. Il mesurait bien cinq mètres de long et était surmonté d'une grosse tête, elle-même dotée de deux grands yeux au regard fixe et d'une gueule garnie d'une incroyable quantité de dents.

Hélène attaqua la tête qui recula en sifflant si fort que Score put l'entendre malgré la distance. Le monstre se cabra, hissant une partie de son corps sur la berge. Il était d'un gris tirant sur le vert, et sa colonne vertébrale était couverte de piquants. Son immense queue fit bouillonner l'eau derrière lui, et Score remarqua que la créature se déplaçait sur la berge au moyen de grandes nageoires comparables à celles d'un phoque.

Le monstre attaqua de nouveau Hélène, qui réussit encore une fois à l'arrêter avant de le frapper de son épée. La lourde queue battit soudain l'air, cherchant à atteindre la jeune fille. Celle-ci roula sur le côté, mais la queue l'atteignit si fort qu'elle resta étendue sur le sol, souffrant visiblement.

Son épée était tombée, hors de portée. Elle la chercha à tâtons, mais elle était trop loin. Et, avec sa cheville blessée, elle ne pouvait pas courir pour s'en emparer. Rugissant et sûr de son imminente victoire, le monstre s'apprêta à attaquer le corps prostré devant lui.

L'épée s'éleva soudain du sol et fila dans la main tendue de la jeune fille. Bien sûr ! Elle s'était servie de son pouvoir de lévitation pour la récupérer ! Tandis que la gueule allait s'abattre sur elle, Hélène planta son épée entre les énormes crocs. Le monstre se dressa avec un hurlement de douleur, arrachant de ses mains l'épée qui resta fichée dans sa chair.

Hélène était maintenant sans défense. Elle n'avait pas le temps de saisir son arc et ses flèches, mais Score et Pixel arrivèrent et se laissèrent tomber près d'elle. Cherchant à reprendre son souffle et faisant fi des points rouges qui dansaient devant ses yeux, Score fit apparaître une grosse boule de feu et l'envoya dans un œil du monstre qui le regardait.

La boule de feu explosa, et la chose rugit de douleur. Pixel, qui tentait de voir ce qui se passait, reçut un grand coup de nageoire dans les jambes et partir rouler sur le sol, le souffle coupé. Trop étourdi pour réagir, il ne put que regarder Score attaquer la bête. Ce dernier se concentra sur son émeraude et transforma en glace l'eau qui entourait la créature.

Le monstre ploya son corps, et des fragments de glace s'en détachèrent et tombèrent en pluie dans le lac. Un énorme éclat atteignit Score, qui tomba à genoux, tremblant et étourdi.

Se sentant de nouveau victorieux, le monstre darda son cou en avant. Score vit alors la bouche remplie de dents gigantesques fondre sur lui, et il ne pouvait rien pour l'arrêter...

Il entendit soudain un sifflement, et la bête hurla de douleur. Perplexe, le jeune homme vit deux grosses lances fichées dans la tête de la créature. L'une avait transpercé l'œil aveugle d'où s'écoulait un liquide épais et poisseux. L'autre était plantée dans son museau. Le monstre se cabra de nouveau et donna de violents coups de queue en hurlant de douleur et de fureur. Hélène visa alors sa gueule et y décocha plusieurs flèches.

Reprenant peu à peu conscience, Score se remit debout et fit apparaître une nouvelle boule de feu. Il perçut un mouvement tandis que plusieurs créatures se pressaient près de lui. Une autre lance déchira l'air et transperça le cou de la bête. Quelqu'un était venu les aider, mais Score n'avait pas le temps de regarder de qui il s'agissait. Bien que grièvement blessé, le monstre marin demeurait terriblement puissant. Le jeune homme se concentra donc sur sa boule de feu, la faisant grossir encore et encore avant de l'envoyer dans la gueule béante du monstre.

La grosse tête explosa littéralement. La magie avait été encore plus efficace qu'il ne l'avait espéré ! La bête se tordit, hurla, puis s'effondra, morte, sur le sol, ratant Score de peu.

— Quel combat ! marmonna doucement Pixel.

Il sourit faiblement à son compagnon et jeta un coup d'œil à Hélène. Elle ne semblait pas trop mal en point, mais elle ne les regardait pas. Son regard était fixé derrière eux, sur les lanciers qui les avaient sauvés. Score se retourna pour voir à qui il devait la vie.

Ils étaient trois, qui s'ébrouaient et piaffaient légèrement. Mi-hommes, mi-chevaux. Il y avait deux mâles et une femelle. La femelle et l'un des mâles étaient d'un noir profond ; le troisième était d'un blanc laiteux.

Des centaures !

Chapitre huit

Fascinée, Hélène fixait les créatures qui venaient de lui sauver la vie. Elle avait toujours adoré les chevaux et elle constata que les centaures ressemblaient vraiment à ces animaux qui auraient été fusionnés à des êtres humains. Toutefois, ses lectures lui avaient appris que le torse et le visage des centaures étaient généralement de la même couleur que ceux des êtres humains. Ceux-ci étaient au contraire d'une teinte uniforme. Elle remarqua aussi que leurs cheveux étaient des crinières qui couraient le long de leurs dos humains.

La femelle portait une espèce de vêtement sur son torse, et tous trois étaient munis d'un arc et d'un carquois. Les deux mâles portaient des sacs qui pendaient à l'endroit où se rencontraient les parties humaine et chevaline de leur corps.

Le mâle noir fit un pas en avant, et Hélène remarqua qu'il avait des sabots, comme un cheval, et un corps puissant et élancé.

— Je m'appelle Dethrin, dit-il d'un ton solennel. Voici ma sœur Amaris et mon camarade Rothar.

Hélène lutta pour se mettre debout et hocha la tête. Score et Pixel semblaient tous deux devenus muets et fixaient les magnifiques créatures qui leur étaient venues en aide.

— Je m'appelle Renaud, dit Hélène, qui avait appris quels risques on courait à révéler sa véritable identité dans l'univers de Diadème. Et voici Score et Pixel. Merci de nous avoir aidés.

— Notre intention n'était pas de vous aider, dit Rothar en jetant un regard mauvais à Dethrin.

Hélène eut la terrible impression que Rothar aurait préféré les laisser mourir.

— Nous avons une... politique de non-ingérence avec les humains, expliqua Dethrin en souriant. Nous les laissons tranquilles en espérant qu'ils en fassent tout autant. Généralement, ça marche.

— Alors, pourquoi n'avez-vous pas respecté cette politique? demanda Hélène.

Ce beau centaure lui plaisait beaucoup.

C'était peut-être une erreur de sa part, car elle le connaissait à peine, mais il semblait très gentil. Amaris fit un geste vers le monstre.

— Pour la viande de serpent, dit-elle avec un grand sourire. Mon frère raffole des steaks de serpent.

— Alors, je vous en prie, dit sèchement Hélène, restez donc dîner.

— C'est ce que j'espérais vous entendre dire ! fit Dethrin en donnant un coup de coude à Rothar, qui piaffait toujours. Viens donc, tu sais à quel point tu apprécies un bon steak de serpent. Et celui-ci est déjà à moitié cuit.

Rothar lui jeta un regard sombre.

— Il ne sort jamais rien de bon d'une association avec les humains, Dethrin. Tu devrais le savoir mieux que quiconque.

— Calme-toi, dit Amaris.

Elle se dirigea vers les deux garçons, toujours silencieux et ahuris.

— Seriez-vous donc muets ?

— Il est généralement difficile de les faire taire, répliqua Hélène. Je pense que vous les intimidez.

— Découper cette chose devrait les guérir, dit Dethrin en riant.

Il sortit un grand couteau de son sac et s'avança vers la dépouille du monstre.

— Venez, vous deux. Et toi aussi, Rothar. Coupons autant de viande que possible et festoyons !

Hélène regarda le centaure prendre la situation en main. Score et Pixel allèrent les aider et, peu de temps après, ils bavardaient avec Dethrin, tous deux charmés par son tempérament agréable. Amaris se chargea d'allumer un feu. Hélène s'efforça de se mettre debout mais, ne pouvant supporter la douleur, elle dut se rasseoir.

— Je ne suis pas très utile, désolée, s'excusa-t-elle.

La centaure interrompit son travail.

— Votre sabot est blessé ? demanda-t-elle avec sympathie. Dès que ce feu aura bien pris, je verrai ce que je peux faire. Je connais quelques cataplasmes à base d'herbes qui pourraient se révéler utiles. Ce n'est pas de la magie, mais c'est presque aussi efficace.

Hélène s'installa et attendit. Bien qu'elle appréciât leurs nouveaux compagnons, elle dissimulait soigneusement son traité de magie. Ne sachant pas avec certitude si les centaures étaient bien tels qu'ils paraissaient, il n'y avait pas lieu de leur dévoiler leurs possessions.

Au bout d'un quart d'heure, Amaris laissa le feu qui crépitait et s'approcha d'Hélène. Elle avait préparé une pâte composée d'herbes qu'elle avait enveloppée dans une grande et longue feuille violette.

— Vous risquez de trouver ça un peu chaud, l'avertit-elle. Ce sera la preuve que le cataplasme agit. Avec un peu de chance, et si j'ai bien compris l'anatomie humaine, vous devriez être comme neuve demain matin.

Lorsque Amaris enveloppa sa cheville dans la feuille, Hélène sentit presque immédiatement la chaleur. C'était en fait plutôt agréable.

— Merci. Je suis sûre que ça me fera beaucoup de bien.

Les autres arrivèrent alors avec d'énormes morceaux de viande de serpent. Amaris se chargea de les faire cuire sur de grandes pierres plates qu'elle avait trouvées et déposées dans le feu. Elle envoya ensuite les hommes se laver dans le lac.

— Vous n'avez plus d'excuses, les avertit-elle. Vous avez tué le serpent, il n'y a donc pas de danger.

— Ne risque-t-il pas d'y en avoir d'autres? demanda Hélène. Ils doivent bien se reproduire.

— Oui, mais il n'y a jamais plus d'un serpent de cette taille. Les autres sont beaucoup plus petits et ils n'attaquent généralement personne. L'un d'eux deviendra le serpent dominant et se développera. Dans quelques semaines, il aura atteint la taille de celui-ci.

— C'est terrible.

Amaris haussa les épaules.

— Pour nous, ça signifie un approvisionnement constant en nourriture, tant et aussi longtemps que nous réussissons à les attraper. Pour y arriver, nous devons nous y mettre à une trentaine ; nous ne mangeons donc pas souvent de ces steaks. Ne soyez pas offensée, mais si vous n'aviez pas semblé capables de vaincre cette bête, nous ne vous aurions sans doute pas aidés. Les humains qui viennent sur Ranur ne sont généralement pas très amicaux envers les centaures.

— Je ne vois vraiment pas pourquoi.

— Peut-être est-ce un manque d'imagination de votre part. Ah ! Les voilà !

Pixel, Score et les deux autres centaures, propres et d'apparence plus soignée, étaient de retour.

— Bien, il faudra attendre un bon moment avant de pouvoir manger. Pourquoi ne pas en profiter pour faire connaissance ? suggéra Amaris.

— Ma sœur joue les hôtesses, plaisanta Dethrin. C'est une très bonne idée.

Il s'installa près d'Hélène et, secouant sa queue de temps à autre, il lui sourit. Les autres s'assirent à leur tour.

— Alors, que faites-vous sur Ranur ?

Hélène leur raconta en partie leur histoire, que Score et Pixel étoffèrent de temps à autre. Les deux jeunes gens, que les centaures n'intimidaient plus, expliquèrent comment ils avaient été arrachés à leurs mondes, attirés sur Troyan et presque tués par Aranak. S'ils parlèrent de leurs pouvoirs magiques, ils évitèrent tous trois de mentionner l'existence de leurs pierres précieuses. Ils expliquèrent alors avoir dû affronter les gnomes, les géants et, enfin, le serpent.

— Nous avons assisté à quelques-unes de ces batailles, leur apprit Dethrin qui, voyant leur air surpris, continua. Nous vous suivons depuis près d'une journée. Comprenez-nous. Les humains qui viennent sur Ranur nous causent généralement des ennuis. Nous voulions nous assurer que ce ne serait pas votre cas. Les êtres humains qui viennent ici sont le plus souvent de puissants magiciens. Ils viennent dans l'espoir de régner sur ce monde ou pour s'approcher du Circuit intérieur de Diadème. Ils sont pour la plupart cruels, égocentriques et désagréables. Ils détiennent le pouvoir et veulent s'en servir pour diriger le monde.

— C'est pourquoi nous les évitons, ajouta Rothar d'un ton sombre.

— Je ne peux pas vous blâmer, répliqua Pixel. À mes yeux, les humains sont des êtres plutôt lamentables. Mais nous ne sommes pas comme ça.

— Ils ne sont jamais comme ça, fit remarquer Rothar. Du moins au début.

— Il n'y a donc pas d'humains sur Ranur? demanda Hélène.

Elle se sentait à la fois déçue et rassurée. Ils n'avaient pas besoin d'un autre Aranak!

— Il y en a un ou deux, répondit Amaris. Mais ils ont tendance à vivre le plus loin possible des centaures. Une seule se tient à une distance raisonnable. Elle s'appelle Shanara.

— Est-elle magicienne? demanda Score.

— Bien entendu, dit Dethrin avec un air surpris. Elle serait déjà morte, sinon. Elle est connue sous le nom de Magicienne des Formes. Elle est capable de prendre n'importe quelle forme. Elle peut prendre l'apparence de n'importe qui ou de n'importe quoi. Elle se cache ainsi toujours de ses ennemis.

— Elle pourrait donc se cacher derrière chaque personne que nous rencontrons? demanda Hélène en frissonnant.

— Ou derrière chaque chose, acquiesça

gaiement Dethrin. Elle pourrait être l'un de nous ou même l'un d'entre vous.

Score secoua la tête.

— Je pense que nous le saurions si elle essayait de remplacer l'un de nous. Elle réussirait peut-être à prendre l'apparence de l'un de nous, mais elle ne pourrait jamais agir comme l'un de nous.

— N'en soyez pas si sûr, l'avertit Amaris. Elle est passée maître en la matière. Et si, pour quelque raison, vous lui déplaisez, elle n'a qu'à attendre que l'un de vous soit seul pour prendre sa place. Et, croyez-moi, vous seriez incapables de voir la différence.

— Magnifique ! grogna Score. Nous voilà plongés en pleine paranoïa ! Et comment vous en sortez-vous ?

Dethrin haussa les épaules.

— Comme nous n'y pouvons rien, nous ne faisons rien. Généralement, elle nous laisse tranquilles, alors ça ne nous dérange pas beaucoup.

— Personnellement, j'aimerais la voir disparaître, ajouta Rothar. Elle est trop dangereuse.

Il regarda longuement les trois jeunes gens.

— Heu... vous pourriez peut-être nous en débarrasser, grâce à vos pouvoirs ?

Amaris bougonna :

— Et nous devrions alors nous inquiéter de trois magiciens plutôt que d'une seule. Brillant !

Rothar sembla mal à l'aise, et Dethrin éclata de rire.

— Un bon être humain est un humain mort, dit Rothar d'un ton amer.

— Bien, commenta Score, furieux, mais cette histoire ne nous concerne pas. De toute manière, nous ne pourrions pas satisfaire vos désirs. Nous ne tuerons personne pour vous.

Amaris leur demanda, perplexe :

— Mais n'avez-vous pas tué Aranak ?

— Oui, dit Hélène. Parce que nous n'avions pas le choix. Il voulait nous supprimer, nous avons donc dû l'abattre avant qu'il ne réussisse. Et sa mort ne me réjouit toujours pas.

— Et les gnomes et les géants ? Vous ne pouvez donc tuer sans remords que des êtres non humains ?

— Non ! dit Pixel. Nous n'en avons tué aucun. Nous les avons simplement mis hors de combat pour nous enfuir. Nous ne tuons que si nous sommes attaqués et n'avons pas d'autre choix. Comme ç'a été le cas avec cette chose, ajouta-t-il en indiquant d'un geste le monstre marin.

— Nous tuons toutefois des animaux pour nous nourrir, ajouta Hélène, par souci d'honnêteté. Sinon, nous ne voulons faire de mal à personne.

— Et nous ne cherchons certes pas le pouvoir, dit Score. Nous n'avons pas demandé de nous faire enlever par les bestants. Nous n'avons pas demandé d'être catapultés dans ce labyrinthe de mondes étranges et nous n'avons pas non plus demandé d'être investis de pouvoirs magiques. Tout ça nous a été imposé. Nous ne cherchons qu'à survivre et tentons de trouver un moyen de quitter cette planète.

Il se tourna vers Rothar.

— Et sachez que nous serons très heureux de vous laisser tranquilles dès que nous aurons trouvé ce moyen.

Amaris et Dethrin échangèrent un regard.

— Alors, vous feriez mieux de vous mettre à la recherche de la magicienne Shanara. Elle seule saura s'il existe un moyen de quitter cette planète.

— Mais nous ne pourrons pas la trouver si elle se transforme pour ressembler à n'importe qui, dit Hélène.

— Mais oui, nous pourrons, la contredit Pixel en sortant son rubis. Tu oublies encore mes pouvoirs magiques.

Les yeux d'Amaris scintillèrent lorsqu'elle vit le joyau.

— Une pierre précieuse, murmura-t-elle. J'adore les pierres précieuses.

Son frère éclata de rire.

— C'est une de ses faiblesses. Elle ferait n'importe quoi pour des bijoux !

— Nous aimerions nous-mêmes en avoir plus, admit Pixel. Nous avons découvert que ces pierres accroissent nos pouvoirs.

Hélène tressaillit. Devait-il vraiment tout raconter aux centaures ? Il devrait apprendre à se taire de temps à autre !

— Cette pierre me permet de trouver n'importe quoi, fit le jeune homme en élevant le rubis. Et, je l'espère, n'importe qui.

— Pourquoi ne pas l'utiliser pour découvrir d'autres pierres précieuses ? suggéra Amaris. Nous pourrions les partager...

Dethrin éclata de rire de nouveau et lui donna un petit coup de sabot.

— Amaris, maîtrise-toi ! Ces humains ne te doivent rien.

— Au contraire, répondit Pixel. Vous nous avez sauvé la vie, et j'aimerais beaucoup vérifier s'il y a d'autres pierres précieuses à proximité.

Il se concentra sur le rubis, et un faisceau

lumineux en jaillit instantanément, qui déchira le ciel pour pointer l'une des montagnes.

— Le faisceau désigne les gnomes, n'est-ce pas ? dit Score.

— Iuo, dit-il en se concentrant sur la vision que lui renvoyait son rubis. Sli tno enu ellas eilpmer nu'd erbmon elbayorcni ed serreip ed setuot setros. Suon y snorevuort setuot sellec euq suon snoluov.

— Quoi ? fit Score.

Pixel posa son joyau et leur expliqua que les gnomes avaient une salle remplie de pierres précieuses.

— Nous pourrions nous y faufiler et prendre ce que nous voulons, dit Score. Ou utiliser notre saphir pour faire venir les pierres jusqu'à nous.

— Non ! dit Hélène d'un ton ferme.

Tout le monde la regarda d'un air étonné.

— Nous ne sommes pas des voleurs. Ces pierres ne nous appartiennent pas. Nous ne pouvons pas les prendre aux gnomes.

— Ils nous ont attaqués sans avertissement ! répliqua Score. Ils ont une dette envers nous. Et puis, il se trouve que je suis un voleur.

— Pas lorsque tu es avec nous. Nous ne volerons rien aux gnomes. Ce serait injuste.

— Elle a raison, dit Pixel. Si je tiens à

obtenir d'autres pierres, ça ne nous autorise pas à nous servir de notre magie pour les voler à quelqu'un. Pas même aux gnomes. Si nous voulons des pierres, nous devons essayer de les échanger contre autre chose.

— Avec les gnomes ? Ils n'accepteront jamais.

— Alors, nous devrons en trouver ailleurs, dit Hélène en faisant un geste vers Rothar. Les créatures de ce monde ont déjà une bien mauvaise opinion des humains. Devons-nous accroître leur méfiance ?

— Non, bien sûr que non, dit Score en soupirant. Mais tu me prives d'un grand plaisir.

— Tu t'en remettras, dit Pixel en souriant. Maintenant, essayons de trouver Shanara.

Ils se penchèrent tous, curieux, tandis qu'il se concentrait sur le rubis.

Rien ne se produisit.

Il secoua la tête en se redressant.

— Ça ne marche pas. Je ne vois pas la moindre trace d'elle ; je ne comprends pas.

— Elle est magicienne, répondit Hélène en haussant les épaules. Elle peut se cacher ou s'être transformée. Je ne suis pas étonnée que tu ne puisses pas la trouver.

— Essaie plutôt de trouver d'autres pages, suggéra Score. Il doit y en avoir sur cette planète. La nuit dernière, j'ai rêvé qu'une personne capable de se transformer en possédait une. Et nous venons d'apprendre que Shanara peut modifier son apparence. Si nous obtenons d'autres pages, nous arriverons peut-être à en déchiffrer les messages.

Hélène sursauta. Ces deux-là n'apprendraient donc jamais à tenir leur langue ?

— C'est parti ! fit Pixel en se concentrant de nouveau. Un puissant faisceau lumineux jaillit cette fois, qui indiqua un point au-delà des montagnes.

— Ej siov enu ecèpse ed sialap, leur annonça le jeune homme. Li tse zessa uaeb. Ej siov enu ecèip ceva nu sorg norduahc te nielp ed servil. Nu dnarg erdroséd, enu ednarg elbat etrevuoc ed sreipap. Li y a issua enu ecèpse lamina'd. Erurruof ertâeguor, eugnol eueuq. Li trod. Non, li tse éllievér te —

Il parut ébahi, et le faisceau lumineux disparut.

— Li a tiaf euqleuq esohc !

Il déposa alors son rubis.

— L'animal a fait quelque chose d'étrange qui a complètement chassé ma vision !

— Mais tu as situé l'endroit, n'est-ce pas ? demanda Score avec impatience.

— Oui, répondit Pixel en indiquant les

montagnes d'un hochement de tête. Le palais s'élève juste après la montagne des gnomes.

— Nous devons donc aller dans cette direction, dit Hélène avant de se tourner vers Dethrin. Je ne sais pas quelles sont vos intentions mais, si vous préférez partir de votre côté, nous comprendrons.

— Comment ? s'exclama Amaris. Quand nous pourrions obtenir des pierres précieuses ?

— Il semble que vous deviez nous supporter encore un peu, fit Dethrin en riant. Est-ce que ça vous dérange ?

— Non, admit Hélène après réflexion.

Elle ne pouvait s'empêcher d'apprécier les centaures, du moins deux d'entre eux. Rothar ne lui inspirait cependant aucune confiance. Il leur était visiblement hostile.

— Nous apprécierons votre compagnie, mais je ne pourrai aller nulle part pour l'instant, ajouta-t-elle en montrant sa cheville.

— Bien, ça nous permettra de nous reposer un peu et de préparer de la viande. D'ailleurs, j'espère que les premiers steaks sont cuits ! Je salive d'impatience.

Une fois repus, ils décidèrent tous de passer le reste de la journée à se reposer. À six, il serait facile d'organiser des tours de garde de façon que chacun puisse dormir pendant la nuit. Hélène se sentait elle-même détendue pour la première fois depuis des jours.

Les centaures avaient récupéré leurs lances sur la dépouille du serpent, et Dethrin rendit son épée à la jeune fille. Heureuse, elle la nettoya et la rangea dans son fourreau. Elle se sentait plus nue sans son arme que sans vêtements. La magie avait ses avantages, mais seule son arme avait le pouvoir de la rassurer.

Les hommes partirent dépecer autant de viande de serpent qu'ils purent, pendant qu'Amaris et Hélène se proposaient de déménager leur campement.

— À la tombée de la nuit, cette carcasse attirera toutes sortes de prédateurs, expliqua la centaure. Mieux vaut éviter les problèmes. Nous pourrons déplacer notre campement un peu plus loin au bord du lac.

Hélène hésitait encore à parler de ses pouvoirs. Soudain, elle réalisa que les centaures les avaient suivis pendant un moment et qu'ils connaissaient donc son pouvoir de lévitation.

— J'y arriverai, promit-elle. Mais je ne pourrais pas vous aider à transporter les provisions.

— Reposez-vous. Nous sommes assez nombreux pour nous en charger.

Ils levèrent le camp tous ensemble. Rothar était parti en reconnaissance et il avait trouvé un bon endroit, non loin de la rivière que Score et Pixel s'apprêtaient à explorer avant que le serpent n'attaque. Il leur fallut près d'une demi-heure pour y arriver et établir leur nouveau campement. Ils s'installèrent au bord de la rivière, qui mesurait bien neuf mètres de large, contre une paroi rocheuse de près de douze mètres de haut. Ils préparaient un feu, lorsque Hélène sursauta en entendant une voix terriblement familière.

Avant l'épreuve, mieux vaut dormir
Et au calme se tenir.

Elle se retourna et vit Oracle, tout de noir vêtu, comme toujours, son visage fendu d'un sourire exaspérant.

— N'avez-vous donc jamais de bonnes nouvelles à nous annoncer?

— Un autre humain! grogna Rothar en reculant légèrement. Qu'est-ce que je vous disais? Ouvrez la porte à un et les autres suivront!

— Il n'est pas exactement humain, expliqua Pixel. Et nous ne pouvons pas vraiment contrôler ses allées et venues. Il apparaît le plus souvent pour nous mettre en garde contre quelque chose.

— Intéressant, dit Amaris.

Elle tendit brusquement la main vers Oracle, et tout le monde resta bouche bée en la voyant traverser le corps.

— Une espèce de projection, constata-t-elle.

— Il n'est pas réel, dit Score. J'en étais sûr !

— Tu as simplement négligé de nous en parler, dit Hélène d'un ton méprisant avant de s'en prendre à Oracle. Si tout ça n'est qu'une projection, vous tenez-vous quelque part pour nous la transmettre ?

Non, jeune fille, car croyez-moi,
on ne croit que ce que l'on voit.
Je n'ai jamais été et ne serai
Qu'une illusion de vie, à jamais.

Ses paroles semblèrent attrister Oracle.

— Vous n'êtes pas un fantôme ? demanda Pixel, que cette seule pensée déroutait.

Je suis ce que je suis, jeune homme,
Humain, non, pas plus que fantôme.

— Ça ne nous mène nulle part, grommela Score. Très bien, pourquoi êtes-vous venu, cette fois ?

Oracle se dérida un peu, ce qui, Hélène le

savait, signifiait qu'il avait de mauvaises nouvelles à leur annoncer.

La magicienne est votre ennemie.
Vers son palais vous devrez aller
Sans croire jamais ce que vous verrez
Car elle peut être toute forme de vie.

— Ça nous aide beaucoup ! dit Score. Nous avions prévu lui rendre visite. Mais qu'est-ce qui devrait nous faire croire qu'elle est notre ennemie ?

Les géants ont voulu prendre vos vies,
Car à une illusion due à votre ennemie
Ils ont cru leur village détruit.

— Voilà qui explique tout, dit Hélène. Elle a monté les géants contre nous dans l'espoir qu'ils allaient nous tuer.

— Encore faut-il pouvoir croire cette... chose, dit Amaris en regardant Oracle d'un air méfiant. Est-ce un de vos amis ?

— Pas vraiment, répondit Score. Et dans la mesure où je ne peux même pas le toucher, ma confiance en lui est plutôt limitée.

Oracle haussa les épaules.

Mes paroles ne sont dites que pour votre bien.
Si elles ne sont pas crues, elles ne servent à rien.

Sur quoi, il disparut.

— Bon ! fit Score d'un air satisfait. Il est enfin parti. Il m'agace vraiment.

— Je n'ai pas confiance en lui, dit Amaris d'un ton ferme.

— Moi non plus !

Le jeune homme et la centaure semblaient très bien s'entendre.

— Ses mises en garde sont souvent utiles, fit remarquer Hélène. Je crois que nous devrions nous méfier de cette Shanara. Qu'il nous dise la vérité ou non, nous n'avons aucune raison de faire confiance à cette dernière. Souvenez-vous ! Aranak se disait notre ami et il n'en était rien.

Elle se tourna vers Dethrin.

— Vous avez dit vous-même que les humains qui vivent sur Ranur sont des magiciens désaxés ou avides de pouvoir.

— C'est vrai. Vous seriez fous de ne pas présumer que Shanara est votre ennemie.

— Merveilleux ! fit Rothar d'un ton sec. Nous nous associons à trois humains qui ont eux-mêmes une magicienne sur le dos ! Il n'en sortira rien de bon, croyez-moi.

Chapitre neuf

Le lendemain matin, Pixel regarda avec méfiance autour de lui. Les trois centaures et ses compagnons étaient réveillés et s'affairaient à préparer leur départ. Il ne pouvait s'empêcher de penser que l'un d'eux était peut-être Shanara. La magicienne aurait pu facilement remplacer l'un ou l'autre pendant les tours de garde. Et, lorsque l'un d'eux s'éloignait pour quelque raison, qui pouvait dire si cette personne revenait effectivement ou s'il ne s'agissait pas de Shanara ? Cette incertitude le fit frissonner.

Il fut soulagé de constater qu'Hélène allait beaucoup mieux. Tout en la sachant plus résistante que lui, il ne pouvait s'empêcher de s'inquiéter pour elle. Le cataplasme qu'Amaris avait appliqué sur la cheville de la jeune fille avait fait totalement disparaître l'enflure, et

Hélène était ravie de pouvoir marcher de nouveau. À moins que ce ne soit Shanara, affectant l'apparence d'Hélène. Dans ce cas, sa cheville n'aurait pas été blessée, n'est-ce pas ? Pixel réalisa qu'il devenait paranoïaque et il s'efforça de reprendre courage. Seul Rothar semblait d'humeur maussade lorsqu'ils levèrent le camp et se dirigèrent vers la montagne où étaient cachées les pierres précieuses dont ils pourraient avoir besoin.

Insistant pour faire l'éclaireur, Rothar partit devant eux. Pixel savait que le centaure ne faisait toujours pas confiance aux humains et préférait, autant que possible, éviter leur compagnie. Le jeune homme aurait aimé que Rothar ne les considère plus comme ses ennemis, mais ça semblait peine perdue. Une fois le centaure parti, les autres purent bavarder et se détendre un peu. Mais lorsque Rothar reviendrait, comment savoir s'il s'agissait bien de lui et non de Shanara ?

Peut-être était-ce déjà Shanara partie leur tendre un piège ?

— Vous pourriez peut-être nous expliquer certaines choses, demanda-t-il à Dethrin. Nous essayons toujours de comprendre pour quelle raison nous avons été enlevés et ce qui se passe dans l'univers de Diadème. Certains indices font référence à la Triade. Savez-vous quelque chose à ce sujet?

Dethrin haussa les épaules.

— Bien des histoires circulent, mais ce ne sont que des légendes. En fait, le cœur de Diadème est un monde inaccessible à tous, sauf aux magiciens les plus puissants. Personne ne sait ce qui s'y passe, mais on en parle comme du noyau de la magie. Les Trois Maîtres sont des tyrans qui règnent ensemble, car, en s'unissant, leur pouvoir est accru.

Score haussa un sourcil.

— Trois réunis valent plus que la somme de trois forces individuelles? Ça me paraît terriblement familier. Il y a les Trois Maîtres, et nous sommes trois. Serait-ce une coïncidence?

— En magie, il n'y a pas de coïncidence, leur dit Amaris. Chaque chose a sa raison d'être. Si vous voulez avoir un pouvoir sur quelque chose, vous devez connaître trois éléments.

— Son nom véritable, sa forme et sa substance, dit Score. Nous avons déjà entendu ça.

— Très bien. Bien entendu, personne ne connaît le nom des Trois Maîtres. Ils ne sont pas assez stupides pour les révéler. Leur forme, elle, est évidente. Ils sont trois, deux hommes et une femme, exactement comme vous. Ça n'a rien d'une coïncidence.

— Où voulez-vous en venir? demanda Pixel, perplexe.

— Je ne suis pas magicienne. Aucune créature magique, dont nous sommes, ne peut se servir de la magie qui l'a créée. Il me semble toutefois que quelqu'un se sert de vous contre les Trois Maîtres. Vous paraissez dotés de puissants pouvoirs magiques, et quelqu'un semble prêt à tout pour que vous appreniez à vous en servir: ces pages que vous découvrez, ces messages laissés à votre intention. Il n'est pas impossible que vous soyez manipulés, utilisés tels des armes dans une bataille contre les Trois.

Cette idée déconcerta Pixel.

— Mais nous ne voulons pas nous mesurer à qui que ce soit!

— Vous n'avez peut-être pas le choix, dit Dethrin. Cet ennemi, inconnu de vous, vous entraîne là où il veut. Vous semblez soumis à deux forces : l'une essaie de vous aider, tandis que l'autre tente de vous arrêter ou de vous tuer.

— Nous sommes donc des pions au beau milieu d'une bataille? demanda Hélène. Ça n'a aucun sens et ça ne me plaît pas du tout.

— Et ce n'est pas tout, dit lentement Pixel. Si nous sommes effectivement formés pour servir d'armes, il ne sera pas facile de déterminer dans quel camp nous devrions nous trouver. La force qui nous aide le fait peut-être parce que les Trois Maîtres sont des tyrans qui méritent d'être renversés. Ou alors, elle nous aide dans le but de les supplanter.

— À moins que les Trois Maîtres ne se battent entre eux, ajouta Amaris. Selon certaines rumeurs, ils ne s'entendent pas très bien et se querellent sans cesse. Peut-être ont-ils entrepris une espèce de guerre ?

Pixel réfléchit à cette éventualité.

— Ça se tient. Ils assurent à eux trois l'équilibre magique de Diadème, n'est-ce pas ? S'ils s'affrontent, cet équilibre est rompu. Nous avons pu constater une certaine défaillance dans plusieurs de nos sortilèges. Un affrontement entre les Trois Maîtres pourrait déranger cet équilibre.

— Ce n'est pas bête, fit Hélène, impressionnée. Ça expliquerait ce qui se passe. Et le fait que nous servions peut-être d'arme contre eux a aussi un certain sens.

— Et ça signifie que nous ferions bien de trouver rapidement un moyen de nous sortir de ce complot, dit Score. Je n'aime pas du tout me battre, contrairement à toi. Et je ne tiens pas du tout à être coincé dans une bataille qui ne me concerne pas.

— Je suis d'accord, dit Hélène. Ce combat n'est pas le nôtre, et on se sert de nous comme de vulgaires jouets. Je ne veux pas non plus me battre dans de telles circonstances. Les pierres précieuses que nous cherchons nous permettront peut-être de quitter ce monde et de déjouer les plans de l'être qui nous manipule.

— Bonne chance ! dit Dethrin d'un ton sec. Pour quitter Ranur, vous devrez trouver Shanara, et vous avez constaté hier soir que vous n'y arriviez pas.

— Nous avons d'autres possibilités, dit Pixel. Nous apprenons à peine à nous servir de nos pouvoirs, et il y a bien des choses que nous ne connaissons pas encore. En obtenant d'autres pierres, nous trouverons peut-être un autre moyen de communiquer avec elle.

— Et ensuite ? demanda Amaris. Elle a lancé les géants contre vous. Elle vous espionne sans doute à l'instant même dans l'espoir de vous tuer. Vous devriez peut-être établir un plan pour la tuer et vous protéger.

— Non ! s'exclama Pixel, aussitôt imité par Score et Hélène. Nous ne voulons faire de mal à personne. Si nous arrivons à lui parler, elle comprendra peut-être que nous ne sommes pas ses ennemis.

— C'est une magicienne, cher ami, grogna Dethrin. Ces gens-là sont généralement très puissants, très arrogants et très têtus. Elle pourrait craindre que vous soyez venus la tuer ou être simplement jalouse de vos pouvoirs. Bref, je doute qu'elle vous écoute.

— Nous devons essayer de lui parler. Si elle ne nous écoute pas, eh bien... nous verrons.

Amaris poussa un grand soupir et son corps fut parcouru d'un frisson.

— Hélène, vous êtes guerrière, la supplia-t-elle. Vous savez combien il est important d'être préparé. Vous pourrez certainement convaincre vos amis qu'il vous faut une arme contre cette magicienne. Pour votre propre protection.

— Le problème, répondit Hélène, c'est qu'en étant armé, on devient soi-même une cible. Si nous avons une arme, elle pourrait croire que nous avons l'intention de nous en servir, quoi que nous disions. Le problème serait alors encore plus grave.

— Mais si vous êtes sans défense, elle risque de vous tuer sans même y réfléchir.

Écoutez, je vous aime bien tous les trois et je ne veux pas qu'il vous arrive malheur.

— Ne vous en faites pas, dit Score en souriant. Je ne tiens pas non plus à ce qu'il m'arrive quelque chose. Je comprends votre point de vue, mais... Je trouverais injuste d'utiliser mes pouvoirs pour faire du mal à quelqu'un. Même à des gens qui ont essayé de nous tuer.

— L'un des grands avantages de la magie, ajouta Pixel, c'est de pouvoir l'utiliser sans causer de gros dommages. Tant et aussi longtemps qu'il n'y a pas de défaillance.

Amaris secoua la tête, faisant onduler sa crinière dans les rayons du soleil.

— Je pense que vous êtes complètement fous, mais j'espère que vous avez raison.

Ils poursuivirent leur route. Et les sombres pensées de Pixel refirent surface. Shanara était-elle l'un d'entre eux ou les attendait-elle après leur avoir tendu un piège ? Elle les attendait peut-être de pied ferme après avoir découvert qu'ils cherchaient de nouvelles pierres. Impuissant, il essaya de balayer ces pensées de son esprit. Mais elles ne cessaient de l'assaillir, et il observait sans arrêt ses compagnons, à l'affût du moindre indice bizarre qui révélerait que l'un d'eux n'était pas celui qu'il prétendait être.

Lorsqu'ils firent une halte pour manger, Rothar daigna se joindre à eux mais évita de s'asseoir trop près des humains. Il repartit en éclaireur à peine le repas terminé. Amaris capta le regard de Pixel fixé sur le dos du centaure.

— Ne le jugez pas trop sévèrement, dit-elle doucement. Il y a six ans, un magicien a tué sa sœur. Il croyait que la poudre de sabots de centaure lui permettrait de créer un élixir de vie éternelle.

— Oh ! fit Pixel en réalisant que Rothar avait une excellente raison de se méfier des humains. Je suis désolé.

— Et je suis prêt à parier que la poudre de sabots n'a rien donné, ajouta Score. Il existe une foule de légendes tout aussi stupides sur Terre.

Dethrin haussa les épaules.

— Difficile à dire. La poudre ne lui a sans doute pas été d'un grand secours, puisque Shanara a tué ce magicien. Cette histoire a laissé Rothar très amer.

— Je ne peux pas l'en blâmer, dit Hélène. Si un humain avait tué ma sœur, je serais amère, moi aussi. Je m'en souviendrai à l'avenir.

Pixel hocha la tête. Rien ou presque n'était simple dans ce monde. Même le préjugé de Rothar était fondé. Le jeune homme allait se remettre en route lorsqu'il réalisa qu'ils avaient un visiteur.

— Courage, mes amis ! dit-il. Notre prophète de malheur est de retour !

Oracle, pas le moins du monde offensé, rit à cette description. Il les salua, et ils ne purent déterminer s'il se moquait d'eux ou non.

Ce chemin, j'en ai la preuve,
Vous mène à votre épreuve.

— Génial ! fit Score, d'un ton renfrogné. S'il pense que c'est bien, alors nous avons dû faire une erreur.

— Il veut peut-être vous faire croire à une erreur, ajouta Amaris en jetant un regard sombre à Oracle qui ne sembla pas s'en inquiéter.

Hélène fit un pas en avant.

— Bien ! Assez d'énigmes ! Répondez-moi clairement. Devrons-nous combattre ces Trois Maîtres ?

Oracle, semblant soudain surpris, haussa un sourcil.

Votre chemin est tout tracé,
Et des Trois vous vous approchez.
Pour accomplir votre destinée,
Ces Trois vous devrez affronter.

Mais votre premier adversaire est ici
Qu'un autre visage point ne trahit.
Son défi vous devrez relever
Ou votre quête à l'échec sera vouée.

— Je déteste vraiment vos rimes stupides, ronchonna Score. Et vos messages codés. Nous devrons donc combattre les Trois Maîtres, mais nous devons d'abord affronter Shanara ?

— Et elle est quelque part autour de nous, sous l'apparence de quelqu'un d'autre ? ajouta Hélène, tout aussi en colère. Un simple oui ou non nous aiderait beaucoup. À quelle distance est-elle de nous ? Est-elle avec nous ? Est-elle l'un de nous ?

Oracle tendit les mains.

Ces seules paroles me sont autorisées
Et aussi que vous guette le danger.

Puis il disparut.

— J'aurais aimé qu'il nous aide un peu plus, se plaignit Score en regardant les autres. À l'en croire, Shanara est donc ici, quelque part. Elle pourrait être l'un de vous, ou Rothar ou même l'un d'entre nous trois.

— Exact, fit Pixel. Après tout, chacun de nous a été seul pendant quelques minutes aujourd'hui. Shanara peut facilement avoir pris la place de n'importe lequel parmi nous. Et si elle est aussi douée qu'on le dit pour se transformer, nous ne pourrons jamais deviner qui elle est.

— Si cette histoire est vraie, fit remarquer Dethrin. Seul cet Oracle prétend qu'elle est ici. Il pourrait très bien vous mentir pour vous maintenir à l'écart.

— J'aimerais tant que toute cette histoire soit simple et agréable, soupira Pixel.

Les paroles d'Oracle ne leur avaient rien apporté, sinon des soupçons. Avait-il dit la vérité ? Shanara avait-elle remplacé l'un d'eux ? Si oui, qui ? Amaris ? Rothar ? Dethrin ? Ou peut-être Score ? Ou Hélène ?

Après tout, la jeune fille marchait terriblement facilement sur sa cheville blessée. Était-ce vraiment Hélène ? Et Rothar ? Il détestait les humains et avait passé une grande partie de la journée loin d'eux. Shanara aurait pu facilement prendre sa place à l'insu des autres. Il était leur éclaireur, mais s'il s'agissait de la magicienne...

— Je viens d'avoir une horrible pensée, annonça-t-il. Qu'arrivera-t-il si Shanara a pris la place de Rothar ? Elle ne nous avertira pas s'il y a un problème, n'est-ce pas ? Nous marchons peut-être tout droit vers un piège sans le savoir.

— Exact, fit Score en hochant lentement la tête. Mais tu pourrais être elle et essayer de nous rendre paranoïaques. Elle pourrait être n'importe lequel d'entre vous, je ne peux plus vous faire confiance.

Hélène poussa un cri étranglé.

— Voilà ce qu'elle cherche ! Elle essaie de nous monter les uns contre les autres ! Dans le pire des cas, elle est l'un d'entre nous. Si nous décidons ensemble de ce qu'il convient de faire, elle ne pourra pas nous faire de mal. Je pense que nous ne devons pas changer notre façon d'agir.

— Tu penses ! dit sèchement Score. Mais es-tu vraiment Hélène ?

La jeune fille sembla sur le point d'assommer Score, ce qui lui ressemblait tout à fait. À moins qu'il ne s'agisse d'un imposteur frustré...

Pixel ne savait plus que croire. La perspective d'un imposteur potentiel dans leur groupe était trop effrayante pour y croire. La situation ne pouvait certes pas être pire.

Au même instant, Rothar surgit de derrière les arbres.

— Les gnomes ! s'exclama-t-il. Une armée de gnomes ! Ils seront ici dans quelques minutes et ils semblent fous furieux !

Chapitre dix

Score marmonna. Bien que Pixel, Hélène et lui eussent voulu à tout prix l'éviter, ils semblaient devoir engager un combat. Cette situation lui rappelait beaucoup trop les rues de New York. Des bandes s'y battaient constamment pour les raisons les plus stupides, armées de leurs poings, de couteaux ou même de revolvers. Des personnes se faisaient blesser ou tuer pour de soi-disant affronts auxquels Score ne comprenait rien. Une attitude machiste, sans doute.

Et les gnomes semblaient partager cette philosophie. Ils ne leur avaient pourtant rien fait. Sinon une violation mineure de la propriété privée, si ces montagnes où ils s'étaient retrouvés appartenaient bien aux gnomes. Mais on ne tuait pas quelqu'un sous prétexte qu'il avait posé le pied sur votre terre. Et les gnomes venaient maintenant prendre leur revanche sur leur dernière défaite.

— J'ai horreur de cette attitude, dit-il. Pourquoi ne nous laissent-ils pas tranquilles ?

— Les gnomes sont ainsi, répliqua Dethrin. Ils aiment tout simplement se battre. Sans raison. Le seul moyen de les arrêter est de les convaincre que vous êtes meilleurs qu'eux au combat. Si vous y arrivez, ils vous laisseront tranquilles.

— Mais pour y parvenir, ajouta Amaris, vous devrez en tuer un grand nombre.

— Non ! dirent ensemble Pixel et Score.

— Très bien, je suis un lâche, je l'admets, dit Score en haussant les épaules. Mais l'idée d'avoir sur les mains le sang d'un être intelligent — ou à moitié intelligent, dans le cas des gnomes — me déplaît vraiment. J'ai toujours préféré éviter les batailles.

Rothar grogna d'un air de dégoût.

— Eh bien ! Vous ne pourrez pas éviter celle-ci.

Il se tenait prêt à saisir sa lance, coincée sous la ganse de son sac. Tout en parlant, il décrocha son arc et y plaça une flèche.

— Ils seront ici dans un instant. Nous devrons nous battre ou mourir.

— Voilà le problème ! s'exclama Score, laissant enfin exploser sa mauvaise humeur.

Nous devons toujours faire ce que veulent les autres, jamais ce que moi je veux. Eh bien, moi, je ne veux faire de mal à personne, même pas à ces stupides gnomes.

— Vous n'avez pas le choix, insista Amaris.

Elle regarda Score, qui éprouva une certaine surprise. Le regard de la centaure était presque empreint de respect.

— À quoi pensiez-vous ?

— À notre grand avantage, la magie, fit-il en sortant son émeraude de sa poche. Ne nous battons pas à leur façon. Il est temps d'y mettre notre grain de sel.

— Je ne suis pas sûre de bien comprendre, dit Hélène en souriant et en sortant son saphir, mais je pense avoir saisi l'idée générale.

— Restez à l'écart, dit le jeune homme aux centaures. Mais... euh... tenez-vous prêts, au cas où...

— Comme vous voudrez, dit Dethrin en saluant légèrement. Rothar sembla sur le point d'élever une objection, mais Dethrin l'en empêcha d'un geste sec de la main.

— Non ! Laissons-les pour l'instant mener cette bataille à leur manière.

Rothar se tut de mauvaise grâce, mais garda son arc à portée de la main. Amaris et Dethrin bandèrent chacun le leur et attendirent.

Les gnomes annoncèrent comme toujours leur arrivée à grands cris, hurlant de joie à l'idée de la bataille, ou plutôt du massacre, qui les attendait. Ils devaient être particulièrement furieux pour sortir ainsi à la lumière du jour et, à juger au vacarme qu'ils faisaient, ils semblaient beaucoup plus nombreux qu'au dernier affrontement dans la grotte.

— Nezte-vous prêts! dit Score en serrant fort son émeraude.

Sa pierre lui faisait inverser les syllabes! Sa main était moite de sueur, et il sentait son estomac se contracter. Il avait vraiment les batailles en horreur. Ce n'était pas seulement de crainte d'être blessé; il ne voulait pas non plus faire de mal. Il espérait donc sincèrement que son idée soit bonne et leur évite de tuer qui que ce soit.

La première vague de gnomes, munis de bâtons, de piques et de faux, jaillit des arbres en hurlant. Les horribles nabots sourirent et crièrent des insultes en voyant leurs adversaires qui les attendaient. Les centaines de petites créatures s'attendaient manifestement à une victoire facile.

Quel ne fut pas leur choc! Se servant de son émeraude, Score commença sa série de transformations. Il fit d'abord exploser plusieurs arbres en piliers de flammes, ce qui provoqua des hurlements de stupeur et, parfois, de douleur. Quelques gnomes, leurs vêtements enflammés, se roulèrent sur le sol pour éteindre les flammes. Plusieurs autres trébuchèrent sur eux, tombèrent et se mirent à frapper les infortunés sur lesquels ils avaient buté.

Score, tout sourire, fit apparaître un trou devant les créatures. Tandis que la terre se transformait en gaz hilarant, les gnomes tombèrent en hurlant dans le trou, où ils se mirent à rire sans pouvoir se contrôler. Parfait ! Ils se tordaient tellement de rire qu'ils étaient incapables de se battre. Le sortilège était à ce point efficace que Score se mit à créer des nuages de gaz hilarant autour des grappes de gnomes. Tous ceux qui le respiraient laissaient tomber leurs armes, riant et gloussant, mis hors de combat.

Score ne pouvait cependant pas tous les arrêter. Les gnomes étaient si nombreux que plusieurs réussirent à s'approcher. Hélène fit alors appel à son pouvoir de lévitation. Les créatures quittèrent soudain le sol comme des fusées lancées vers la lune. Ils s'envolèrent jusque dans les plus hauts arbres où les plus chanceux réussirent à s'agripper. Certains, plus infortunés, continuèrent à s'élever, battant l'air de leurs bras et de leurs jambes. Pixel, déterminé à faire sa part, lançait des boules de feu qu'il faisait exploser autour des gnomes.

C'était plus un désastre qu'une bataille. Les créatures ne pouvaient rien contre les trois jeunes gens. Quel que fût leur nombre, Score, Pixel et Hélène ne cessaient de les faire rire, s'envoler ou trébucher. Score entendit rire Amaris et Dethrin derrière lui.

On n'avait jamais vu bataille aussi grotesque. Il ne fallait que... Pourquoi pas ? Score, qui commençait à s'amuser, fit apparaître des tartes à la crème devant plusieurs gnomes qui les reçurent en pleine figure. Ils restèrent là, abasourdis, le visage dégoulinant de crème pâtissière et de morceaux de croûte.

— Neu lletaiba de testar à al mecrè ! s'exclama-t-il gaiement.

Il se mit alors à matérialiser tous les aliments auxquels il pouvait penser. Les gnomes, perplexes, se firent bombarder de Jell-O, de beurre d'arachide, de sauce, de poulet frit... bref, de tout ce que Score pouvait imaginer. Plusieurs gnomes crachotaient encore dans des trous boueux, lorsque le jeune homme décida de changer la terre en boisson gazeuse plutôt qu'en gaz hilarant.

L'armée de créatures ralentit pour s'arrêter

enfin. Ils étaient trop occupés à rire, s'envoler ou se nettoyer pour combattre. Leur désir de bataille évanoui, ils étaient surtout perplexes. Hélène, qui continuait d'envoyer des assaillants dans les airs, ralentit elle aussi la cadence tandis que tous marquaient une pause. Plus de quarante gnomes tournoyaient toujours à plus de dix-huit mètres du sol. Pixel, lui, lançait de moins en moins de boules de feu.

Soudain, une grande ombre assombrit le sol. Score, surpris, tourna sur lui-même, croyant qu'il s'agissait d'une autre vague de gnomes, et réalisa qu'il s'était trompé.

C'était un oiseau immense, de plus de douze mètres d'envergure. Il avait les serres et le bec d'un aigle, mais était beaucoup plus gros que tous les oiseaux que Score avait vus.

— Un oiseau roc ! s'exclama Amaris.

La gigantesque créature carnivore fondit sur les gnomes sans défense qui flottaient toujours dans les airs. L'oiseau allait s'emparer de proies qui ne pouvaient s'échapper !

— Fais-les descendre ! Vite ! cria Score à Hélène. Sinon, ils vont se faire dévorer !

Elle se hâta de ramener les gnomes en sécurité sur le sol. Plusieurs d'entre eux, souffrant d'un sérieux mal de l'air, rendirent instantanément leur dernier repas.

Le roc poussa un cri, frustré d'avoir perdu ses proies, et vira au-dessus de leurs têtes. Déterminé à attraper le plus grand nombre possible de gnomes, il descendit en piqué vers la forêt. Score réalisa soudain qu'en faisant brûler des arbres, il avait ainsi créé une clairière qui procurait à l'oiseau tout l'espace voulu pour s'emparer des gnomes sur le sol. Les créatures, entre-temps, s'éparpillaient, terrorisées, et trébuchaient les unes sur les autres dans leur hâte d'échapper aux terribles serres.

— Ttntn ! cria Hélène en se concentrant sur sa pierre précieuse.

Au dernier instant, une immense main invisible et surgie du néant sembla frapper durement l'oiseau. Le roc, étourdi, bascula dans les airs et battit frénétiquement des ailes pour se redresser et attaquer de nouveau les gnomes. Mais Hélène le gardait en son pouvoir et, en dépit de ses efforts, l'oiseau fut incapable de les attaquer. Il battait furieusement des ailes et poussait des cris de rage, mais rien n'y fit. Frustré et déconcerté, il partit enfin à la recherche d'une proie plus facile à attraper.

Amaris, perplexe, regarda les trois humains.

— Vous avez sauvé les gnomes ! Vous auriez dû laisser le roc les manger. Ça les aurait sans doute découragés, ce qui aurait mis fin à la bataille.

— Combien de fois devrons-nous vous dire que nous ne souhaitons la mort de personne ? grogna Score.

Cette centaure mettait vraiment beaucoup de temps à comprendre.

— Croyez-vous que les gnomes vous en apprécieront davantage ? se moqua Rothar. Réfléchissez ! Ils ne sont pas réputés pour leur gratitude !

— Je ne l'ai pas fait pour eux, dit Hélène. Je l'ai fait pour moi ! Je n'aime pas voir un être souffrir ou mourir. Pas même un gnome. S'ils ne sont pas reconnaissants, tant pis ! Nous avons agi comme nous devions.

Pixel et Score hochèrent la tête, conscients que les centaures avaient du mal à comprendre leur attitude. Mais ce n'était rien en comparaison des gnomes. Tandis que Score les surveillait, l'un d'eux, plus grand et plus râblé que les autres, parla avec ses compagnons, puis laissa tomber sa faux et s'avança lentement vers les humains, les mains tendues pour bien montrer qu'elles étaient vides. Son horrible visage était empreint de confusion. S'arrêtant à quelques pas des jeunes, il les regarda l'un après l'autre, puis tourna les yeux vers les centaures.

— Nous ne comprenons pas, dit-il enfin. Vous avez arrêté l'oiseau roc. Pourquoi ?

— Laisse-moi m'en occuper, dit rapidement Score sans laisser le temps à Hélène d'ouvrir la bouche. Je comprends très bien ce genre de situations, d'accord ?

La jeune fille, à sa grande surprise, ne discuta pas. Elle hocha simplement la tête et recula. Score fit un pas en avant en espérant ne pas se tromper.

— Nous respectons les gnomes, dit-il. Vous êtes tous de très bons guerriers. Bien supérieurs à nous, en fait. Nous ne pouvions laisser de si nobles adversaires se faire tuer de façon si absurde.

Le chef des gnomes se gonfla de vanité, comme Score s'y attendait. Ce n'était, comme il l'avait deviné, qu'un autre concours machiste. Et pour l'emporter, il suffisait d'en changer les règles.

— Les gnomes sont les meilleurs combattants qui soient, acquiesça le petit chef.

— Exact, répondit Score. C'est pourquoi nous avons dû tricher pour vous arrêter. Nous savions qu'en vous affrontant avec des épées et des lances, nous aurions été vaincus.

— Exact. Nous vous aurions hachés menu.

— Oui, nous le savions. Nous vous avons

donc arrêtés grâce à des armes contre lesquelles vous ne pouviez rien. Des gaz, des trous et des leçons de vol. Nous n'aurions jamais pu vous vaincre autrement.

Le chef des gnomes semblait presque heureux, maintenant. Il gratta son corps poilu et hocha gaiement la tête.

— Ce n'est que trop vrai, mais pourquoi ne pas nous avoir tués? Nous vous aurions abattus.

— Je sais. Mais nous ne voulons pas être les ennemis des gnomes. Nous vous respectons trop pour cela. Nous admirons vos techniques de combat et votre habileté au travail. Nous voulons être vos alliés.

— Nos alliés? fit le chef, plus que perplexe. Personne ne veut s'allier aux gnomes.

— Nous, oui. Nous vous admirons. Nous ne vous attaquons pas et nous vous aidons. En retour, vous ne nous attaquez pas et vous nous aidez. De cette manière, tout le monde y gagne. Et nous pourrons admirer vos techniques sans risquer de nous faire tuer.

Le chef des gnomes réfléchit un peu à la question. On ne lui avait manifestement jamais fait une telle proposition. Son cerveau n'était pas des plus développés, et cette situation était nouvelle. Score voyait passer sur son visage des émotions contradictoires tandis qu'il réfléchissait. Il sourit enfin.

— L'idée me semble bonne. Nous vous ferons tous gnomes honoraires, ce qui résoudra le problème. Nous pourrons alors vous dévoiler nos techniques et vous montrer ce que nous savons faire. Nous pourrions même organiser une bataille ensemble, hein ? ajouta le gnome en passant un bras poilu autour des épaules du jeune homme. Et pourquoi pas contre ces centaures prétentieux, hum ?

— Non, pas eux ! Ils sont déjà nos alliés. Nous pourrions peut-être trouver quelqu'un d'autre à attaquer.

— D'accord, acquiesça le chef d'un ton amical avant de se tourner vers son armée. Écoutez tous ! Je viens de nommer ces humains gnomes honoraires. Que personne ne s'avise de se battre avec eux ou il aura affaire à moi. J'arracherai les intestins du coupable et l'étranglerai avec. Compris ?

Les gnomes acquiescèrent en chœur, quoique de mauvaise grâce, et entreprirent de ramasser leurs armes.

— Très bien, fit leur chef en se retournant vers Score. Ils se tiendront bien, car ils savent que je n'hésiterai pas à faire ce que j'ai dit. Pourquoi ne pas venir faire la fête avec nous ?

Nous organisons toujours un banquet après avoir remporté une bataille.

Score s'abstint de lui faire remarquer qu'ils venaient en réalité d'en perdre une. Pixel, Hélène et lui les avaient vaincus et étaient maintenant des gnomes à titre honorifique. D'une certaine manière, les petits êtres avaient peut-être gagné, après tout.

— Pourquoi pas ? accepta Score. Nous pourrions vous faire part de quelques idées et jeter les bases de notre coopération mutuelle.

— Bien sûr. Pour commencer... croyez-vous pouvoir refaire un peu de ce liquide dont vous aviez rempli vos pièges ? J'en ai avalé quelques gorgées, et c'était absolument délicieux !

Score hocha la tête en souriant. Leur alliance allait être renforcée grâce au pouvoir qu'il avait de créer des boissons gazeuses. La magie avait du bon, après tout.

Chapitre onze

D'abord sceptique, Hélène dut admettre que les gnomes savaient fêter. Dès que leur chef déclara que les humains — et, à regret, les trois centaures — étaient leurs amis, l'attitude des petites créatures changea du tout au tout, et la fête fut des plus agréables. Seul Rothar refusa de se dérider et de s'amuser. Il mangea et but avec les autres, mais un mur d'émotions le séparait toujours des jeunes gens. Après qu'il eut tant souffert, Hélène ne pouvait le blâmer de détester les humains.

— Eh bien, dit-elle enfin, ne pouvant plus rien avaler, je trouve savoureux d'être l'amie des gnomes.

— C'est tout naturel, fit Gunther, le chef, en laissant échapper un rot retentissant. Nous sommes les meilleurs combattants et les meilleurs cuisiniers du monde.

Comprenant que c'était là une marque d'appréciation après un repas, la jeune fille réussit à émettre un rot respectable qui reçut aussitôt l'approbation du chef.

— Nous formons une belle équipe, dit-elle. Vous pouvez faire quelque chose pour nous, et nous espérons pouvoir vous rendre service en retour.

— Pourquoi pas ? Je suppose que ce genre d'échange est normal entre alliés. Alors, que pouvons-nous faire pour vous ?

— Voilà. Comme vous le savez, nous sommes des magiciens et nous avons découvert que certaines pierres précieuses amplifient nos pouvoirs. Nous possédons quelques pierres, mais nous devons à tout prix en obtenir d'autres pour utiliser pleinement nos dons.

Gunther hocha la tête.

— Nous, les gnomes, sommes les meilleurs mineurs de pierres précieuses de l'univers, dit-il avec fierté. Je suis sûr que nous avons toutes les pierres dont vous avez besoin, quelles qu'elles soient. Mais vous pourriez vous servir de vos pouvoirs magiques pour prendre ces joyaux, avec ou sans notre assentiment.

— Nous le pourrions, en effet, mais nous ne traiterions pas ainsi nos alliés.

— Bien. Je vais voir quel service vous pourriez nous rendre en retour. Laissez-moi d'abord en discuter avec mes chefs.

Hélène se retourna vers ses compagnons et leur sourit.

— La négociation est en bonne voie, leur annonça-t-elle.

« Si les gnomes respectent bel et bien notre alliance, se dit-elle intérieurement. Ils pourraient tout aussi bien nous tendre un piège. »

— Je dois avouer que vous m'avez impressionné, dit Dethrin. Les gnomes ne se sont, à mon sens, jamais alliés à qui que ce soit. Vous êtes tous les trois dotés de rares talents.

— Merci, dit Pixel. Lorsque nous aurons ces pierres, nous devrons nous mettre à la recherche du palais de Shanara. Je sais seulement qu'il se trouve quelque part dans ces montagnes.

L'une des femmes gnomes s'arrêta et plissa son nez.

— Le palais de Shanara ? Vous le cherchez ?

— Oui, dit Pixel en se redressant, curieux. Vous savez où il est situé ?

— Bien sûr. Tous les gnomes le savent. Il faudrait être aveugle ou idiot pour ne pas le savoir, sans vouloir vous offenser.

— Nous ne sommes pas offensés, dit Hélène en riant. Un guide pourrait donc nous y conduire ?

— Bien sûr. Vous n'avez qu'à demander à n'importe lequel d'entre nous.

Elle remplit des gobelets de la boisson gazeuse que Score avait créée et s'éloigna.

— Eh bien ! dit Score, à la fois étonné et ravi. Nous ne nous attendions pas à voir notre problème résolu de manière aussi simple. Il ne nous reste qu'à apprendre ce que les gnomes demanderont en échange de leurs pierres précieuses. Ensuite, nous pourrons poursuivre notre route.

— Pensez-vous que cette Shanara vous laissera entrer aussi facilement dans son palais ? demanda Rothar. Elle est magicienne et humaine. Elle vous tuera dès que vous essaierez d'y mettre le pied.

— Elle tentera peut-être de nous tuer. Mais, comme vous avez pu le remarquer, nous ne sommes pas si faciles à abattre. Nous trouverons une solution, j'en suis certaine.

— Vous êtes stupides, marmonna le centaure, qui abandonna la discussion pour se replonger dans son repas.

Gunther traversa la pièce et se laissa tomber sur son siège. Il s'empara d'une quantité incroyable de nourriture, puis se mit à parler, la bouche pleine.

— Voilà, nous avons décidé. Nous avons un problème que nous n'arrivons pas à résoudre et nous pensons que vous pourriez peut-être nous aider. Si vous y arrivez, nous vous laisserons prendre toutes les pierres précieuses que vous voudrez.

— Des diamants ! s'exclama Amaris, ravie.

— Très bien, accepta Hélène. Que pouvons-nous faire pour vous ?

— Ce n'est pas simple, l'avertit Gunther en secouant la tête. Ça pourrait même être très dangereux. Si vous préférez vous abstenir, nous comprendrons et nous resterons vos alliés.

Il mordilla sa lèvre inférieure pendant un moment avant de continuer.

— Un ver vit au cœur de la montagne. Nous voulons le tuer.

— Un ver ? fit Score. Mais il doit y avoir des millions de vers dans cette montagne. Comment pourrions-nous en trouver un en particulier ?

— Il ne s'agit pas d'un ver de terre, mais d'une créature monstrueuse comparable à un serpent mais en beaucoup plus gros. Elle vit dans ses propres tunnels d'où elle sort de temps à autre pour manger des gnomes. C'est pourquoi nous voulons la tuer. Nous avons déjà essayé, mais de tous ceux qui ont tenté de l'abattre, aucun n'est revenu. C'est une mission très dangereuse, ajouta-t-il en haussant les épaules, et je comprendrais que vous la refusiez.

Hélène se pencha vers lui.

— Nous sommes vos alliés, nous vous aiderons.

Elle espérait seulement que les gnomes n'avaient pas inventé cette mission pour se débarrasser d'hôtes indésirables. Elle tapota la poignée de son épée.

— Nous irons à la recherche de cette bête.

Elle jeta un coup d'œil à Pixel et à Score, qui paraissaient tous deux assez inquiets. Elle ne les méprisait plus, mais ils n'étaient pas guerriers.

— Je ferais mieux d'y aller seule.

— Non ! protesta Pixel, imité, après un moment d'hésitation, par Score.

Hélène savait bien que ni l'un ni l'autre ne tenait réellement à l'accompagner, mais ils ne voulaient pas l'abandonner. La jeune fille éprouva presque un élan d'affection pour eux. Ils étaient prêts à la suivre en dépit de leur terreur.

— Je préfère y aller seule, dit-elle doucement. Dans ces tunnels, nous ne ferions que nous gêner les uns les autres.

— Vous n'irez pas seule, dit Gunther d'un ton ferme. Si ces centaures sont vos amis, alors l'un d'eux devrait vous accompagner.

— Exact, s'empressa de dire Dethrin. J'irai !

Refoulant l'affection qu'elle éprouvait pour lui, Hélène secoua tristement la tête.

— Non. Je suis désolée, Dethrin, mais je ne peux pas vous faire confiance. Ça n'a rien de personnel, mais rappelez-vous les paroles d'Oracle. Shanara est près de nous sous les traits d'une autre personne. Les vôtres, peut-être. Je refuse que vous m'accompagniez si je ne peux pas être sûre de votre réaction lorsque nous serons en danger.

— Emmenez-moi, alors, dit Amaris.

— Non, pour les mêmes raisons. Écoutez, je vous aime bien tous les deux, mais je ne sais pas si vous êtes ceux que vous prétendez être. Je prendrai Rothar.

— Rothar ?! firent-ils tous en chœur.

— Tu es folle ? fit Pixel. Il déteste les humains. Tu ne peux absolument pas lui faire confiance.

— C'est précisément pourquoi je peux lui faire confiance. Si Shanara est vraiment parmi nous, c'est pour nous espionner et en apprendre le plus possible à notre sujet. Rothar s'est tenu aussi loin de nous que possible et n'a pas pu nous espionner. Il est donc le moins susceptible d'être Shanara. Il est le seul en qui je puisse avoir confiance et sur qui je puisse compter en cas de besoin.

Rothar souriait.

— C'est d'une logique implacable, dit-il. Seulement, si je vous accompagne, comment pouvez-vous être certaine que je tiendrai parole ? Je pourrais rester en arrière et laisser la bête vous tuer.

— Je ne pense pas que vous feriez une telle chose, dit Hélène, un petit sourire sur les lèvres. Une telle attitude serait propre à un humain, pas à un centaure. Vous êtes un guerrier, Rothar, tout comme moi. Si vous me donnez votre parole, vous la tiendrez. Je vous la demande donc. Acceptez-vous de m'accompagner et de vous battre à mes côtés ?

Le centaure la regarda, le visage empreint d'une expression indéchiffrable. Hélène espérait sincèrement avoir bien analysé son tempérament. Elle était presque sûre de ne pas s'être trompée. Presque...

— Très bien, dit-il enfin.

Un soupir de soulagement s'éleva autour

de la table. Rothar fixait sur la jeune fille son regard résolu.

— J'arriverais même à vous apprécier, si vous n'étiez pas humaine. Enfin, vous comprenez.

Puis, se remettant sur ses pattes :

— Vous êtes prête ?

— Oui.

Hélène éprouva une profonde satisfaction. Quoi qu'il arrive, Rothar ne l'abandonnerait pas. Elle se tourna vers Gunther.

— Conduisez-nous à l'endroit où vit le monstre.

Leur marche dura près d'une heure. Ils s'enfoncèrent plus profondément dans les tunnels sombres creusés à même le roc, dépassèrent plusieurs tunnels latéraux et traversèrent deux vastes grottes. Gunther et ses gnomes s'arrêtèrent enfin près d'un étroit tunnel qui descendait en biais. Large d'environ deux mètres, il était assez spacieux pour qu'Hélène et Rothar puissent l'emprunter.

— Laisse-nous t'accompagner, dit Pixel, visiblement inquiet pour la jeune fille.

— Non.

Elle se sentait étrangement émue, mais il n'était pas armé pour ce genre de combat.

— Restez là, je vais revenir, promit-elle.

— Nous ne nous entendons pas toujours, dit Score, nerveux et mal à l'aise, mais sache que je te respecte. Alors, ne tente rien de stupide et ne va pas te faire tuer, d'accord?

— J'essaierai, répondit Hélène avec un faible sourire. Puis, se tournant vers Rothar: Prêt?

— Non, mais je vous suis, répondit le centaure, sa lance à la main. Allez-y.

La jeune fille hocha la tête et, sans se retourner, elle prit la torche que lui tendait Gunther. Elle sortit son épée et s'engagea dans le tunnel. Refusant de céder à la panique qui l'étreignait, elle força ses pieds à suivre la voie.

Le tunnel était abrupt mais étrangement lisse. Les passages des gnomes étaient tous grossièrement creusés à coups de pelles et de pioches. Celui-ci était trop lisse pour avoir été creusé. Comment le monstre avait-il fait? Étant plus facile à suivre que les passages des gnomes, Hélène avançait d'un bon pas. Une odeur bizarre, faible mais bien perceptible, imprégnait l'atmosphère. Elle ne pouvait déterminer de quoi il s'agissait, mais plus ils avançaient et plus l'odeur devenait forte. La bête ne devait sans doute plus être loin.

— Cet endroit est vraiment étrange, dit Rothar. Je ne vois aucune trace des gnomes qui sont censés être venus avant nous.

— Ils sont peut-être allés plus loin. Peut-être aussi ne sont-ils jamais venus et tout ça n'est qu'un piège

Elle tenait fermement son épée. Tout comme Rothar, cette expédition ne lui disait rien qui vaille. Mais elle ne reviendrait pas sur ses pas. Ce serait humiliant, et les gnomes avaient besoin de son aide. Et elle avait besoin des pierres précieuses.

Elle espérait simplement que Rothar et elle arriveraient à se débarrasser du ver lorsqu'ils le trouveraient. Le centaure la suivait, silencieux. Il n'était pas particulièrement enchanté de s'être associé à elle, mais Hélène était persuadée de pouvoir compter sur lui en cas de problème.

Et le problème survint.

Le passage était presque rectiligne, comme si la créature qui l'avait créé s'était contentée d'avancer droit devant elle. Les tunnels des gnomes, qui avaient creusé en suivant les veines et les imperfections naturelles de la roche, décrivaient de nombreux méandres. Le monstre, lui, n'en avait cure. Il avait foncé droit comme une flèche vers sa destination, creusant le roc sans se soucier des obstacles. La lumière de leur torche n'éclairait qu'à une vingtaine de pas devant eux, aussi Hélène faillit-elle trébucher sur le nid du ver avant même de réaliser qu'ils avaient atteint leur cible.

L'endroit ressemblait à une vaste grotte, aussi lisse et nue que le tunnel. Elle mesurait bien neuf mètres de large et trois mètres de haut. Et là, enroulé au centre, reposait le ver.

Comme il était entortillé, sa taille était difficile à déterminer, mais il était énorme et Hélène jugea qu'il devait bien mesurer six mètres de long. Il dressa sa tête de serpent monstrueux et la tourna vers eux. Hélène frissonna. La bête avait des yeux rouges et froids comme la mort, et sa grande gueule circulaire et légèrement ouverte dévoilait des rangées de dents tordues. La répugnante créature était d'un vert maladif, et sa queue sécrétait une espèce de matière sombre et visqueuse.

— Seigneur! murmura Rothar, aussi horrifié qu'elle. Quel cauchemar!

— Et il n'y a toujours pas la moindre trace des gnomes. Cette créature a dû les avaler tout rond. Mais comment creuse-t-elle les tunnels? Elle n'a pas de griffes.

Le monstre, parfaitement réveillé, se cambra en sifflant et ouvrit sa gueule. Hélène, qui flaira le danger, hurla une mise en garde à Rothar en se jetant elle-même sur le côté.

Le ver cracha un liquide orange et lumineux

qui, heureusement, ne les atteignit pas. Le roc touché par le liquide se mit à bouillonner avant de s'évaporer.

— De l'acide, dit Hélène, tremblante et le souffle coupé. Voilà comment il creuse ses tunnels ! Il crache de l'acide ! Rothar, tenez-vous loin de sa gueule.

— N'ayez crainte, je ne m'en approcherai pas ! l'assura-t-il.

Saisissant sa lance, il la projeta vers le monstre qui se dressait de nouveau, prêt à cracher son venin. Le lancer fut précis, mais la bête envoya un jet d'acide qui atteignit l'arme en pleine course et la fit fondre.

Effrayée, mais refusant de se laisser intimider, Hélène fonça sous la tête dressée qu'elle entailla de son épée. Blessé, le monstre hurla et se contorsionna de douleur. Hélène était couverte du sang fluide et odorant de la bête. Et de la matière visqueuse produite par sa queue. On aurait dit une douche de colle. Le liquide l'atteignit avant qu'elle ne puisse s'éloigner, et elle en fut rapidement recouverte. Grimaçant, elle essaya de reculer.

Mais elle en fut incapable.

La matière visqueuse ne ressemblait pas seulement à de la colle, elle en avait les propriétés. Horrifiée, Hélène réalisa qu'elle était clouée sur place, incapable de bouger, et que le liquide commençait à se solidifier.

— Rothar ! souffla-t-elle. La chose sécrète une espèce de colle. Je ne peux plus bouger.

— Je vais vous libérer, dit-il en essayant de contourner le ver pour lui venir en aide.

Le monstre, qui semblait avoir prévu ce mouvement, bloqua la route du centaure avec sa queue. Hélène pouvait à peiner tourner la tête, mais elle constata que le ver sécrétait encore plus de liquide, lequel se répandait sur le sol.

Rothar y posa les sabots et cria en réalisant qu'il était lui aussi pris au piège. Il s'empara rapidement de son arc et d'une flèche, visa et tira.

La flèche constituait une cible trop petite pour que le ver puisse la détruire. Un jet d'acide passa à côté, et la flèche se ficha sous l'un de ses yeux rouges. Le monstre donna un grand coup de queue. Incapable de se déplacer, Rothar ne put que l'éviter.

Le coup porta à peine, et Hélène sursauta en voyant le centaure étourdi et couvert de la matière visqueuse. Ils étaient tous deux prisonniers maintenant, et le ver le savait. La bête balança la tête, la baissa, puis ouvrit de nouveau son immense gueule.

Hélène tressaillit en la voyant s'abattre sur le centaure pris au piège, qui luttait pour retrouver ses esprits. Il était totalement sans défense, et le ver s'apprêtait manifestement à le dévorer. Elle ne pouvait le laisser faire ! Mais comment l'en empêcher ? Incapable du moindre geste, elle ne pouvait même pas s'emparer de son épée, pourtant libre de toute matière gluante.

Elle devait utiliser ses pouvoirs magiques, elle n'avait pas le choix. Mais que faire ? Dans l'impossibilité de remuer ses mains, elle ne pouvait pas envoyer de boules de feu. La lévitation ? Inutile. Elle pourrait facilement soulever le ver, mais il était déjà trop près du plafond. L'élever de quelques centimètres ne servirait à rien. Hélène se sentit impuissante, terrorisée et frustrée, tandis que le monstre s'approchait de sa victime.

Elle comprit alors qu'elle ne réfléchissait pas de la bonne manière. Elle pouvait agir. Elle pouvait faire léviter autre chose que la bête. Elle se concentra sur les flèches que transportait Rothar dans son carquois et les projeta aussi fort qu'elle le put en direction du monstre. La plupart l'atteignirent en plein visage, et il hurla de fureur et de confusion. Il était pourtant persuadé que ses victimes ne pouvaient rien contre lui, et voilà qu'elles lui faisaient mal ! Se cambrant, il éloigna sa tête de Rothar qui comprit alors ce qui se passait. Il tenta furieusement de se libérer, mais en vain. Le ver se dressa de nouveau, et Hélène réalisa qu'il s'apprêtait à cracher son acide sur le centaure prisonnier, le croyant responsable de ses blessures.

Elle n'avait plus de temps à perdre. Elle s'empara de son épée grâce au pouvoir de son saphir, la souleva et la lança de toutes ses forces vers le monstre. L'épée s'enfonça jusqu'à la garde sous l'un de ses yeux.

Pendant un instant, rien ne se produisit, et Hélène crut l'avoir raté. Puis le ver s'effondra lentement, son sang fluide et nauséabond jaillissant de sa blessure. La créature était morte.

Rothar poussa un long soupir de soulagement.

— Vous avez réussi à le tuer, dit-il d'un ton presque aimable. Merci de m'avoir sauvé la vie.

— Je vous en prie.

La jeune fille tremblait de soulagement et d'épuisement. Le monstre était mort et leurs ennuis, presque terminés.

— Mais nous sommes toujours dans une situation inextricable, ajouta le centaure. Je n'arrive pas à me libérer, et cette substance durcit de plus en plus.

— J'ai une idée !

Hélène se concentra cette fois sur la gueule du monstre, remplie du venin que la bête avait l'intention de cracher sur Rothar. Avec précaution, elle fit léviter un peu du liquide et le déplaça près d'elle. Elle le fit alors couler, goutte à goutte, sur la matière qui la clouait au sol. L'acide bouillonna et crépita, mais il fit fondre la colle. Quelques minutes plus tard, ses pieds étaient libres, et elle pouvait se déplacer. Bien entendu, elle n'utiliserait pas l'acide sur son corps : elle serait brûlée aussitôt. Elle libéra Rothar, puis jeta le reste du venin sur le sol.

— Vous avez l'air ridicule, lui dit Rothar.

Hélène savait qu'il avait raison. La colle avait figé ses mains, et ses cheveux étaient aussi raides que du béton. Elle n'y pouvait rien. Et Rothar n'avait pas plus fière allure.

— Vous aussi, lui dit-elle. Je pourrais vous nettoyer dans un bain d'acide...

— Non, merci ! Je préfère attendre et voir si les gnomes ont un savon efficace.

Il regarda avec dégoût le corps du monstre.

— Je crois qu'il est temps de partir.

— Je suis d'accord.

La jeune fille utilisa de nouveau son pouvoir de lévitation pour éjecter son épée de la dépouille et la nettoyer du mieux qu'elle put avant de la glisser dans son fourreau.

Chapitre douze

Pixel se réjouissait de voir Hélène débarrassée de sa colle et ses cheveux de nouveau libres. Ses vêtements avaient été nettoyés, et elle avait manifestement passé un certain temps à frotter son épée.

— C'est mieux comme ça, fit-il, enthousiaste.

— Je me sens beaucoup mieux, je l'avoue. Cette matière était vraiment dégoûtante, ajouta la jeune fille en secouant ses longs cheveux blonds.

Rothar parut, lui aussi propre et bien mis. À la grande surprise de Pixel, il alla même jusqu'à sourire à Hélène.

— Je n'aime toujours pas les humains, dit-il, mais vous devez être la moins mauvaise de tous. Je vous apprécie presque.

— Méfiez-vous ! Les gens pourraient vous croire gentil.

Gunther frappa gaiement dans ses mains. Depuis qu'Hélène et Rothar étaient revenus et leur avaient annoncé la mort du monstre, les tunnels résonnaient du rire et des chants des petites créatures.

— Bien ! dit Gunther. Il ne fait aucun doute que vous avez mérité votre récompense. Suivez-moi !

Pixel, Score, Hélène, Rothar, Dethrin et Amaris suivirent avec respect le chef des gnomes qui les guida à travers plusieurs longs tunnels jusqu'à deux grandes portes fermées et surveillées par six gnomes armés jusqu'aux dents. À un signe de leur chef, ils déverrouillèrent les portes et les ouvrirent, souriant joyeusement. Ils avaient sans aucun doute entendu la nouvelle.

— Prenez ce que vous voulez, dit Gunther en les invitant d'un geste à entrer dans la salle.

Pixel fit un pas en avant et s'arrêta, bouche bée. La pièce, profonde d'environ trente mètres et haute et large de près de quinze, était remplie de trésors empilés. Des pierres précieuses de toutes les formes et de toutes les couleurs, des béryls aux diamants, scintillaient à la lumière des torches des aventuriers. Des lingots d'or, d'argent et de divers autres métaux y étaient entassés. Le contenu de la salle devait valoir une fortune colossale. Pixel, le souffle coupé, ne savait de quel côté regarder.

— Des pierres..., dit Amaris d'une voix étouffée.

— Eh bien ! fit Score d'une voix légèrement éraillée. Nous devrions trouver ici toutes les pierres dont nous avons besoin.

— Sûrement, dit Hélène. Voyons ce qu'il nous faut, ajouta-t-elle en sortant le traité de magie. Jaspe, agate, onyx, améthyste, chrysolite, béryl, topaze, chrysoprase et hyacinthe.

— Je ne sais même pas à quoi ressemblent la plupart d'entre elles, avoua Pixel.

— Ça ne fait rien, dit Gunther. Je les connais toutes. Attendez.

Il fouilla le tas de pierres précieuses et en sortit, l'un après l'autre, de gros joyaux que les trois jeunes gens attrapaient. Chacun d'eux entra ainsi en possession de trois nouvelles pierres.

— Ça suffit, dit Hélène.

Gunther émergea de la pile de joyaux.

— C'est tout ? Je vous ai dit que vous pouviez en prendre tant que vous vouliez.

Pixel secoua la tête, tandis que Score regardait longuement le trésor.

— Nous avons besoin de ces pierres pour faire de la magie et non pour nous enrichir. Et puis, nous aurions du mal à transporter une fortune en joyaux alors que nous voyageons et avons sans cesse des problèmes.

Gunther hocha la tête et se tourna vers les centaures.

— Vous aussi pouvez prendre tout ce que vous voulez.

Amaris sourit et saisit deux grosses poignées de pierres précieuses.

— Merci ! fit-elle joyeusement en les déposant dans son sac. Je pourrai confectionner de nombreux bijoux avec ces pierres.

Rothar et Dethrin prirent tous deux quelques joyaux qu'ils glissèrent eux aussi dans leur sac.

— C'est assez, dit Rothar. Nous ne sommes pas cupides.

Gunther, perplexe, haussa les épaules.

— Eh bien ! Vous n'êtes pas difficiles à récompenser. Et maintenant, je vais vous indiquer où se trouve le palais de Shanara. Suivez-moi.

Pixel se sentait excité, tandis qu'il suivait le chef des gnomes. Les trois nouvelles pierres enfouies dans sa poche semblait brûler son âme. Les posséder était très étrange. Ça semblait si parfait ; il avait l'impression d'être soudainement guéri d'un mal dont il aurait souffert toute sa vie sans le savoir. Il se sentait tellement vivant! Comme si le seul contact des pierres l'investissait d'un pouvoir extraordinaire. Il se rappela le rêve qu'il avait fait à plusieurs reprises, celui d'une roue géante composée de pierres précieuses qui tournait. Pour quelque raison, les joyaux paraissaient avoir une grande importance pour lui. Dès qu'il en aurait l'occasion, il apprendrait à s'en servir. Il jeta un coup d'œil sur ses deux compagnons et comprit qu'ils éprouvaient exactement le même sentiment. Et bien qu'ils fussent en route pour affronter la magicienne Shanara, leur pas était léger.

La magicienne avait tenté plusieurs fois de les arrêter et elle essaierait encore. Cette pensée inquiétait et effrayait Pixel. Shanara était beaucoup plus puissante qu'Aranak qui avait pourtant failli les tuer. Ils avaient beaucoup appris depuis. Ils n'étaient plus aussi naïfs. Mais en savaient-ils suffisamment pour affronter Shanara et survivre? De plus, si elle se cachait sous les traits de l'un d'entre eux, elle les saurait en route et pourrait leur tendre un piège. Il était impossible d'échapper au malaise et à la paranoïa. Était-elle parmi eux? S'apprêtait-elle à leur tendre un piège? Réussiraient-ils à la vaincre?

Ils ne tarderaient pas à le découvrir. Cette

pensée fit s'évanouir un peu de la nouvelle énergie du jeune homme qui se sentit de plus en plus démoralisé tandis qu'ils avançaient.

Amaris sembla s'en rendre compte et s'approcha de lui en trottant.

— Il n'est pas trop tard, vous pouvez tout arrêter. Vous n'êtes pas vraiment obligés d'affronter Shanara, n'est-ce pas ? Vous pourriez rester avec les gnomes. Je suis sûre qu'ils seraient heureux de vous accueillir.

— Ça ne résoudrait rien. Vous oubliez les Ombres. La dernière fois, elles nous ont aidés pour une raison connue d'elles seules, mais si nous ne continuons pas, elles s'en prendront à nous. Et si elles trouvent les gnomes sur leur chemin, elles les tueront. Nous ne pouvons pas leur faire ça. Nous devons aller là où personne ne risquera de se faire blesser.

— Alors, préparez une arme contre Shanara, le pressa la centaure. Ne la laissez pas vous attaquer la première, elle pourrait vous tuer.

— Peut-être, mais je ne peux pas. Je me défendrai s'il le faut, mais je n'attaquerai pas le premier, pour quelque riason que ce soit. Je ne vaudrais alors pas mieux qu'elle et je refuse de m'abaisser à ce point.

Amaris soupira et secoua la tête.

— Vous êtes borné et vraiment fou. Vous pourriez vous faire tuer.

— C'est vrai, mais je ne changerai pas pour autant.

— Non, admit-elle avec une tristesse empreinte de nostalgie. Vous êtes tous les trois très gentils. Quel dommage que ce monde où nous vivons ne soit pas plus accueillant. Vous méritez mieux.

Le tunnel montait, et ils le suivirent en silence. Hélène et Score semblaient aussi déprimés que Pixel, sans doute pour la même raison. Aucun d'eux ne tenait à cette nouvelle confrontation, mais quel choix avaient-ils? Shanara était leur seul moyen de quitter cette planète, et ils devaient par conséquent courir le risque de l'affronter. Sinon, ils resteraient coincés ici ou bien leur ennemi inconnu les entraînerait où bon lui semblerait.

Pixel reconnut soudain le tunnel où ils se trouvaient. Il crut d'abord s'être trompé, mais le passage déboucha en effet sur une grotte.

— C'est la grotte où les gnomes nous ont attaqués! s'exclama-t-il, étonné.

— Mais oui! dit Hélène. C'est ici que nous nous sommes retrouvés en arrivant sur cette planète!

— Vraiment? fit Gunther en haussant les

épaules. Le monde est petit, non ? Nous sommes tout près du palais maintenant.

Il les précéda à l'extérieur et pointa la montagne du doigt.

Pixel regarda, ahuri. Le palais de Shanara s'élevait au sommet. Ressemblant à un grand château avec ses flèches, ses tours et ses remparts, il paraissait composé de blocs de glace et scintillait magnifiquement dans le soleil de la mi-journée.

— Il était au-dessus de nous pendant tout ce temps ! grogna Score. La dernière fois, les nuages nous ont empêchés de le voir.

— Tout ce que nous avons fait ces derniers jours ne servait à rien, se plaignit Pixel.

— Non, le contredit Hélène. Nous avons de nouveaux joyaux et nous nous sommes fait des amis. Ça valait la peine. N'empêche que je me battrais volontiers, admit-elle.

Pixel hocha la tête. Ils l'avaient manqué de si peu ! Il faisait un froid mordant, mais les gnomes avaient apporté des fourrures qu'ils leur offrirent. Gunther tendit les mains.

— Nous n'allons pas plus loin. La lumière du jour est trop vive pour nous. Et puis, nous évitons de déranger Shanara qui nous laisse tranquilles en retour. Je ne tiens pas à être transformé en crapaud ! fit-il en souriant.

Bonne chance, mes amis. Si vous revenez de ce côté, vous serez toujours les bienvenus parmi nous.

— Merci. Merci pour tout ! dirent-ils tous les trois.

Après un dernier signe de tête, Gunther et ses gnomes s'évanouirent dans l'obscurité de la grotte. Pixel se retourna et regarda de nouveau le magnifique château.

— Bien ! Comment allons-nous y entrer ?

— Grc ` l mg ! répondit Hélène en tenant son saphir. Tnz bn !

Son pouvoir de lévitation les fit tous s'élever et franchir en volant le rempart. Une cour intérieure et une large porte menaient au château. La porte s'ouvrit brusquement comme ils s'en approchaient, et ils atterrirent en douceur sur le sol en pierre. Seuls les murs extérieurs du château étaient en glace. L'intérieur, en pierre, était plutôt agréable. De grands feux crépitaient dans d'immenses cheminées. L'endroit regorgeait de bibelots, de tableaux, de rideaux et de meubles coûteux.

Se servant de son rubis, Pixel découvrit la pièce où se trouvait la page qu'il cherchait. Il n'y avait pas le moindre signe de vie dans le château.

— Elle n'est peut-être pas chez elle.

— D'après Oracle, elle est parmi nous, répliqua Score. Elle est donc de retour, maintenant.

Pixel observa de nouveau ses cinq compagnons et les précéda vers un immense escalier en pierre qui menait à l'étage supérieur. Était-ce vrai ? Shanara se cachait-elle vraiment sous les traits de l'un d'entre eux ? Si oui, lequel ou laquelle ? Et qu'attendait-elle ?

— Nous y voilà, dit-il en ouvrant la porte du bureau de Shanara.

C'était la pièce qu'il avait vue un peu plus tôt dans son esprit. Il y avait un grand bureau qui croulait sous les livres et les papiers. Une longue table couverte d'étranges appareils, de fioles et de flacons de produits chimiques et d'autres ingrédients occupait le centre de la salle. D'immenses bibliothèques couraient le long des murs et, à l'extrémité de la pièce, trônait un énorme chaudron rempli d'eau.

La page était posée sur une table, à côté de la porte. Pixel la reconnut immédiatement et s'en empara. Les inscriptions qu'elle portait lui semblèrent, comme toujours, dépourvues de sens.

— Euh, n'est-il pas risqué de prendre une chose qui appartient à une magicienne ? demanda Rothar.

— Cette page n'est pas à elle, dit Pixel d'un ton ferme, mais à nous. Elle la gardait en sécurité ici ou elle essayait de s'en emparer. Cette page nous appartient.

Il y eut un mouvement brusque au bout de la table. Une créature couchée sur un coussin bâilla, s'étira et dit d'une voix claire :

— Déjà de retour, Shanara ? Ma sieste n'est pas encore finie et... Oh ! oh !...

Le panda roux s'assit et les regarda, ébahi.

— Que faites-vous ici ?

— C'est son animal de compagnie ! s'exclama Amaris. Elle s'en sert pour accroître ses propres pouvoirs magiques, comme vous le faites avec les pierres. Cet animal fait lui-même de la magie.

— Alors, nous ferions mieux de l'en empêcher, dit Hélène d'un ton sec en prenant son saphir.

Elle fit s'élever le panda qui se mit à tournoyer en l'air.

— Hé ! cria-t-il, furieux et pris de nausée. Arrêtez ! Je viens de manger ! Faites-moi descendre ! Shanara ! Arrête-les !

— Elle est donc ici ! dit Score d'un air triomphant. Très bien, dites-nous qui elle est !

— Oooohh ! cria le panda. Au secours ! Shanara, je vais être malade ! Fais quelque chose !

Amaris riait si fort que les larmes ruisselaient sur ses joues.

— C'est ta faute, Blink, répliqua-t-elle. Tu es trop paresseux. Si tu étais resté sur tes gardes comme je te l'avais suggéré, rien de tout ça ne serait arrivé.

Elle arrêta d'un geste le vol du panda qui se réinstalla sur son lit. Il semblait vraiment mal en point.

— Vous êtes Shanara ! s'exclama Pixel en s'éloignant brusquement d'elle.

— Mais oui, fit-elle.

La silhouette d'Amaris devint floue et fit place à celle d'une grande et belle femme aux cheveux sombres vêtue d'une longue robe.

— C'est moi.

Score se mit en position de défense et la regarda d'un air méfiant.

— Et maintenant, nous nous battons ?

— Nous battre ? fit Shanara en riant, le regard étincelant.

Elle se transforma de nouveau et prit cette fois l'apparence d'un tigre des cavernes. Elle dressa la tête et rugit avant de se changer en dragon violet de la taille d'un cheval muni de grandes ailes et de longues griffes. Elle ouvrit la bouche et lança un jet de flammes. Elle se métamorphosa encore et prit la forme d'un dinosaure aux longues dents et aux griffes aussi acérées que des lames de rasoir.

— Croyez-vous vraiment pouvoir me vaincre ? fit-elle en reprenant brusquement sa forme humaine.

— Peut-être pas, admit Pixel, réaliste. Mais avons-nous le choix ?

Il déglutit, nerveux, essayant de se préparer à la prochaine métamorphose. Pouvant prendre n'importe quelle apparence, elle choisirait sans doute une forme des plus meurtrières. Shanara haussa les épaules.

— On a toujours le choix, répondit-elle en traversant la pièce pour prendre Blink. J'espère que ça t'apprendra, le rabroua-t-elle.

— Avez-vous l'intention de vous battre ? lui demanda Hélène, perplexe.

— Non, à moins que vous n'y teniez, dit-elle en caressant Blink et en souriant gaiement devant leurs mines déconfites.

— Je ne comprends pas. Qu'attendez-vous de nous ?

— Je veux vous aider. Mais je vous dois quelques explications. J'ai détecté votre présence quelques jours plus tôt, lorsque vous êtes arrivés sur Ranur. J'ai découvert que vous aviez tué Aranak et que vous alliez sans doute vous en prendre à moi. J'ai supposé que vous étiez diaboliques, car les magiciens le sont généralement et parce que vous aviez tué Aranak. J'ai essayé de vous arrêter en me servant des géants. En réalisant que vous aviez évité de leur faire du mal, je me suis demandé si je ne m'étais pas trompée à votre sujet. J'ai alors décidé de venir vérifier en personne et j'ai pris l'apparence d'Amaris.

Rothar se tourna en grognant vers Dethrin.

— Et tu ne t'es même pas rendu compte que ce n'était pas ta sœur ?

— Oh ! J'ai toujours su qui elle était. Elle se joint souvent à nous sous les traits d'Amaris.

— Tu le savais et tu n'as rien dit ? Pourquoi ?

— À cause de créatures comme toi, répondit gaiement Shanara. Les centaures n'apprécient généralement pas les humains, avec raison. Comme je déteste être seule, je visite souvent votre peuple. C'est très agréable.

Pixel secoua la tête.

— Vous n'êtes donc pas vraiment mauvaise ? Et vous n'avez jamais eu l'intention de nous tuer ? Dans ce cas, pourquoi nous avoir assuré que Shanara le ferait et nous avoir pressés de l'attaquer ?

— Je voulais être sûre que vous ne me tendriez pas un piège, expliqua la magicienne en caressant Blink qui ronronnait comme un chat. Je devais vous donner toutes les occasions de vous montrer sous votre vrai jour, ce que vous avez fait. Vous avez refusé de voler les gnomes et, lorsqu'ils vous ont attaqués, vous les avez aidés. Je me réjouis de ne pas être votre ennemie. Et pour vous prouver ma bonne foi...

Shanara se dirigea vers une bibliothèque et en tira une feuille de papier.

— Voici la page que vous cherchiez.

Score s'en saisit, impatient, tandis que ses amis regardaient par-dessus son épaule.

— Toujours aussi obscur ! Il y a toutefois ce chiffre trois, dans le coin, qui peut nous désigner ou faire référence à la Triade. Et ce *miroir, miroir* est tout à fait dans le style d'Oracle.

Pixel indiqua les trois cercles.

— Troyan, Ranur et Dondar. Nous étions sur Troyan, nous sommes ici sur Ranur. Dondar est sans doute notre prochaine étape. Pour le reste...

— Je suis sûre que vous comprendrez le sens de ce message lorsque vous aurez toutes les pages, dit Shanara. Vous êtes très intelligents, après tout.

— Bien, et maintenant ? fit Pixel en souriant.

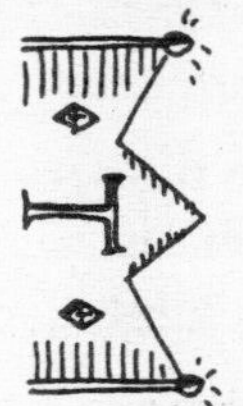

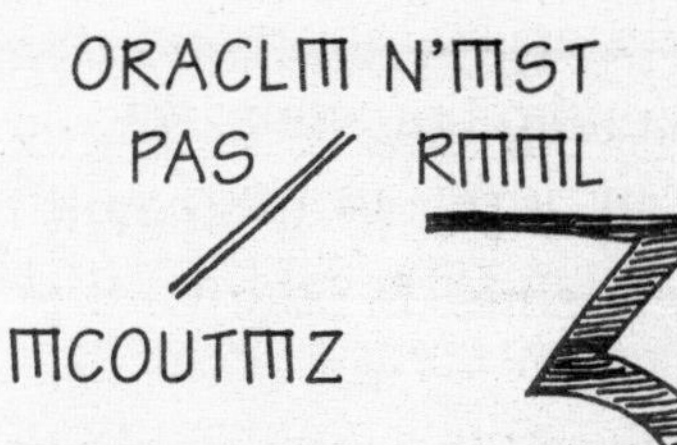

RENONCEZ

AU FANTÔME FANTÔME FANTÔME

MIROIR, MIROIR SUR LE MUR: VOICI OÙ PREND FIN LA PUISSANCE

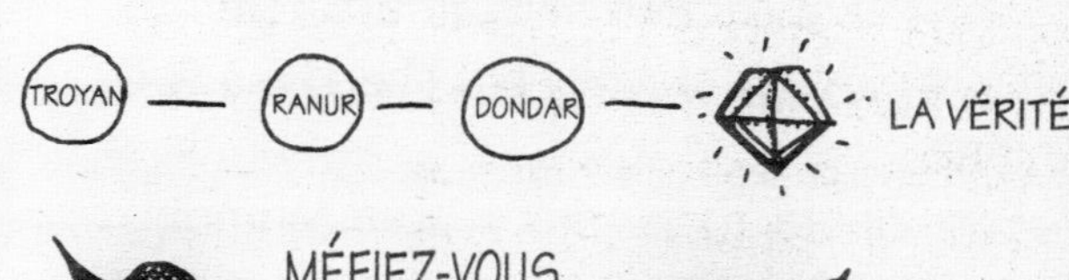

MÉFIEZ-VOUS

DE LEURS

GARDIENS

reliez l'avenir au passé. On nous
s'écroulera. Venez vers nous.
Par magie, n

— Je vais vous permettre de poursuivre votre route. Je vais ouvrir le passage qui vous mènera dans l'autre monde. Mais avant, ajouta-t-elle en les observant, nous devons parler de l'endroit où vous irez.

— Qu'importe où nous allons, grogna Score, tant que ce n'est pas sur Dondar. Je veux simplement sortir de cette histoire et aller à un endroit où nous pourrons nous détendre.

— En êtes-vous bien sûr ? Si vous y tenez vraiment, je peux vous aider. Mais je ne pense pas que ce soit une bonne idée.

— Ah non ? demanda Pixel. Nous sommes fatigués et en avons assez de combattre. Nous voulons avoir la paix. Est-ce trop demander ? Nous n'avons pas cherché à nous mêler de cette histoire. Nous n'avons pas cherché à être magiciens.

— Sans doute, mais vous y êtes néanmoins mêlés et vous êtes bel et bien des magiciens. Très puissants, qui plus est. Je n'ai encore jamais vu de magicien investi d'un tel pouvoir brut. Vous êtes beaucoup plus puissants que moi. Peut-être autant que les Trois Maîtres. Pour cette seule raison, vous ne pourrez jamais vivre en paix. Je ne connais pas votre ennemi, mais cet être vous veut et n'aura de cesse de vous trouver.

— Et alors ? demanda Score. Nous pourrions nous cacher et devenir encore plus puissants.

— Peut-être, dit Shanara en les regardant d'un air très sérieux. Je vous ai dit la vérité à propos des Trois Maîtres. Ils représentent le pouvoir ultime et règnent sur Diadème en tyrans corrompus. Je crois qu'on se sert de vous comme d'armes contre ces tyrans. Peut-être êtes-vous soutenus par les forces du Bien. Ou par une personne qui souhaite prendre leur place. Mais une chose est sûre. Vous seuls possédez le pouvoir nécessaire pour vaincre les Trois Maîtres. Si vous ne le faites pas, leur règne corrompu se poursuivra et ils feront souffrir tous les êtres vivant dans l'univers de Diadème.

Pixel saisit enfin la portée de ses paroles.

— Vous voulez nous voir les affronter ? Vous nous demandez de continuer et de mener à bien le combat ?

— Oui. Vous êtes notre seul espoir pour que Diadème soit libéré de la tyrannie et de la corruption. C'est pourquoi je vous supplie de continuer et d'aider tous les êtres de Diadème. Trouvez les Trois Maîtres, renversez-les et prenez leur place. Libérez Diadème de ce règne démoniaque. J'ai rencontré une fois celui que vous appelez Oracle. Il était porteur d'un message des Trois Maîtres, et j'ai donc supposé qu'il était un de leurs serviteurs. Mais qui peut dire à qui il doit allégeance ?

Hélène soupira.

— Et qui nous a envoyé les Ombres ? Les Trois Maîtres ?

— Non, les Ombres sont une nouvelle force que contrôle un maître inconnu. Il s'agit peut-être d'un étranger, ou alors ce maître est l'un des Trois et il combat les deux autres pour s'emparer seul du pouvoir. Je ne sais pas. Je suis sûre d'une chose, cependant. Cette personne ne cessera jamais de vous chercher.

— Génial ! marmonna Pixel. Nous n'aspirons qu'à vivre en paix et nous sommes parachutés dans une guerre que nous préférerions éviter.

— Mais nous sommes le seul espoir de Diadème, dit Hélène en soupirant. Pouvons-nous tourner le dos à tous ceux qui ont besoin de nous ?

— Oui ! insista Score. Ce n'est pas notre problème. J'en ai marre de me battre, je ne cherche que la paix et la tranquillité. Nous avons déjà fait plus que notre part. Nous avons libéré les bestants d'Aranak et avons débarrassé les gnomes de ce ver. Nous ne devons rien à personne.

— C'est vrai, dit Shanara, vous avez fait votre part. Mais... vous avez le pouvoir de faire plus. Les centaures, les faunes et toutes les autres créatures ont besoin de vous. Pouvez-vous partir maintenant et vous en laver les mains ?

— Oui ! insista Score d'un ton légèrement incertain. Je ne veux pas m'en mêler. Je suis un lâche, un menteur et un voleur. Sauver le monde n'est pas exactement mon genre.

— Mais..., commença Hélène.

— Ne dis rien ! Reste ferme ! Nous avons une occasion de sortir de ce complot.

— Je ne peux pas, avoua Pixel. Je sais que nous courons droit vers le danger et que nous risquons encore de nous faire tuer. Mais je ne peux pas reculer et prétendre que tout ça n'a rien à voir avec moi. Nous sommes les seuls à pouvoir libérer Diadème.

— Je m'en fiche ! Nous n'y sommes pour rien. Je veux seulement la paix. Donnez-moi une seule bonne raison pour que j'accepte de vous suivre.

— Tu n'as entendu que ça, des bonnes raisons, dit Hélène, un faible sourire aux lèvres. Si elles ne sont pas assez convaincantes, je vais t'en donner une autre. Si tu ne nous accompagnes pas, je te transperce le cœur, fit-elle en tapotant la poignée de son épée. Et tu sais que je n'hésiterais pas.

— Tu n'oserais pas, dit sèchement le jeune homme, pas très convaincu toutefois.

— Tu veux parier ? Je te transperce le cœur... ou je t'embrasse.

Score haussa les épaules.

— Je me demande ce qui est le pire.

Puis il secoua la tête et éclata de rire.

— Honnêtement, je ne crois pas non plus que tu m'embrasserais. Bon, d'accord, j'abandonne. Je vais vous accompagner. Mais si je me fais tuer, je promets de revenir hanter chacun d'entre vous.

— Tu le fais déjà !

Pixel se tourna vers Shanara.

— Eh bien ! Nous voilà décidés. Bien que l'idée me déplaise, nous ferons ce que vous demandez. Nous combattrons les Trois Maîtres et libérerons Diadème ou mourrons en essayant de le faire.

— Vous êtes nobles, approuva la magicienne. À toi, Blink ! Mets-toi au travail. Nous avons besoin d'un Portail.

— Travailler, travailler, travailler..., grommela le panda. Bon, très bien, si ça peut te faire taire.

Dethrin fit un pas vers eux.

— Merci, dit-il avec sincérité. Je suis fier de vous connaître et je resterai votre ami à jamais.

Rothar s'avança à son tour, mal à l'aise.

— Je n'aime pas les humains mais... vous ne ressemblez à aucun de ceux que j'ai rencontrés. Considérez-moi aussi comme votre ami, seulement, n'en dites rien en présence d'autres centaures, d'accord ?

— D'accord, dit Hélène en riant et en lui serrant la main. Vous êtes un vrai guerrier, Rothar, et je suis fière d'avoir combattu à vos côtés.

— Tant de sentimentalité me rend toujours malade, geignit Blink en regardant autour de lui. Bon, ça prend forme. Voilà, c'est prêt !

Il y avait une espèce de déchirure dans l'espace, à l'autre extrémité de la pièce. Le visage de Shanara était tendu à force de concentration.

— Je ne pourrai pas la maintenir très longtemps. Dépêchez-vous de franchir le Portail, et puisse la chance vous sourire.

Pixel s'arma de courage. Leur situation ne lui plaisait pas, mais avaient-ils vraiment le choix ? Il s'engagea dans le passage qui les mènerait dans un nouveau monde, au-delà de celui-ci...

Épilogue

Les Ombres frémissaient et se pressaient autour de leur Maître qui, assis sur son trône en diamant, suivait la scène dans un miroir. Il caressa sa barbe et se mit à rire.

— Les fous ! s'exclama-t-il. Ils s'imaginent pouvoir affronter les Trois Maîtres ! Ils ont encore beaucoup à apprendre, et ils auront tout juste le temps de le faire avant que je ne les détruise. Ils n'ont pas la moindre idée de ce qui les attend ! ajouta-t-il en secouant la tête.

Il se leva et laissa courir son regard sur les centaines d'Ombres qui attendaient ses ordres.

— Moi, Sarman, votre maître, suis presque prêt pour le grand combat qui fera de moi le grand Maître de Diadème. Et ces trois idiots vont me fournir le pouvoir dont j'ai justement besoin. Très bientôt, il n'y aura plus Trois

Maîtres, mais un seul qui étendra son pouvoir suprême sur l'ensemble de Diadème

— Sarman !

Des rires indistincts s'élevèrent dans la pièce tandis que les Ombres considéraient son plan. Dans très peu de temps, tout serait terminé...

À propos de l'auteur

John Peel est l'auteur de nombreux romans à succès pour jeunes adultes, ainsi que de certains épisodes de *Star Trek*. Il est aussi l'auteur de plusieurs romans de science-fiction, d'horreur et de suspense acclamés par la critique.

Monsieur Peel demeure à l'extérieur de Diadème, sur une planète très populaire connue sous le nom de Terre.